アルファの執愛
～パブリックスクールの恋～

Nao Yurino
ゆりの菜櫻

CHARADE BUNKO

Illustration

笠井あゆみ

CONTENTS

アルファの執愛〜パブリックスクールの恋〜

◆ プロローグ ◆

あれは九年前だ――。

ファルテイン公国の、当時はまだ公太子候補だった、ロラン・ジャスティック・アドリオンは、大公である父に呼ばれ、回廊を渡って光の間と呼ばれる謁見の間へと向かった。

厳かな空間にはロランの足音が響くだけだ。正面の大きなドアを押し開けると、目の前に光が溢れる。同時に羽音を聞いたかと思うと、白い羽が視界を過ったような気さえした。

あ――。

その名前の通り、燦々と降り注がれる光に満ちた謁見の間で、ロランは天使を見た。

陶磁器のように滑らかな真珠色の肌に薄桃色の頬。黒く艶やかな髪には光がきらきらと反射し、本物の天使の輪がかかったように見えた。

天使だ……。

思わず見惚れていると、少し高くなった場所に座っていた父に声をかけられる。

「ロラン、遅いぞ。こちらへ来なさい」

父に言われるまま天使の近くへと寄る。すると父が口を開いた。

「こちらはシエル侯の次男だ」

「シエル侯？」

どうやら天使ではなく人間らしい。

「伊織（いおり）・クロード・シエルです。お見知りおきを」

天使が口を開いた。

「ロランだ」

目の前の人間の、天使のような可愛（かわい）らしさに動揺して横柄に答えるも、相手は嬉（うれ）しそうに微笑（ほほえ）む。その笑顔に釘（くぎ）づけになっていると、父がさらに言葉を続けた。

「伊織はお前と同じ八歳になる。いずれお前がイギリスの学校へ留学する際、手助けをしてくれるだろう人材を選出中で、彼はその候補の一人だ」

「彼？」

父の言葉に引っかかりを覚え、聞き直す。だが父は大きく頷（うなず）いた。

「ああ、彼だ。初めにシエル侯の次男だと言ったであろう？」

「次男⁉　君、男なのか？」

思わず隣に立っていた天使に顔を向けた。

「……はい。男ですが、男だといけないのですか？」

むっとした感じでロランに言い返してきた。それを彼の隣に立っていた彼の父親が諫（いさ）める。

「これ、伊織。公子に向かってなんという失礼な言い方をするんだ」

「……申し訳ありません。父上」

天使、否、少年は小さな声で謝る。すると大公である父が言葉を挟んだ。

「よい、今のは我が息子が悪い。ロラン、伊織に謝りなさい。お前の言動は差別とも取られかねないぞ」

「……伊織、申し訳なかった。己の言動を深く反省する。許してくれないか」

潔く謝ると、伊織が困ったように表情を歪（ゆが）めた。それがまた可愛い。もっと困らせたいようなそんな衝動に駆られた。

彼と一緒にいたい――。

どうしてか、強く自分の心がそう望む。そんな欲求を今まで抱いたことがないのに、彼を目の前にして、初めて渇望という衝動が生まれた。

取り逃がしてはならない。本能が強く訴えかけてくる。

なんだろう、この感覚――。

疑問に思いながらも、ロランはさらに言葉を続けた。

「父上、私の学友を選ぶというのなら、私は彼、伊織がいいです。伊織となら上手くやっていけそうな気がします」

「え？」

彼が大きな黒い瞳をさらに大きくする。本当にどこもかしこも可愛くて、誰にも渡したくなかった。自分だけのものにするには、彼をまず学友として選ぶのが一番だろう。

八歳なりにも、欲しいものを確実に手に入れる方法を理解していた。

「それは早計というものだ。ロラン、これから何人かお前に引き合わせる予定だ。まずは全員と会って、その中から学友となる人材を、お前が判断し、選びなさい」

「彼がいいです」

もう一度訴えた。だが、父は真剣には取り合ってはくれず、最終的には、ロランはその後、六人の候補と顔合わせをすることになる。

そして半年後、やっと伊織を選ぶことができたのだった。

その執念はやがて未来へと繋(つな)がっていく――。

◆ I ◆

十一月も後半に入る頃、四百年以上の歴史を誇るエドモンド校の広い敷地に散り積もった落ち葉に、霜がつき始める。それは薄っすらと白いベールがかかったようにも見えた。そろそろ雪がちらつく季節に入ってくる。

どんよりとした灰色の雲が覆う空の下、エドモンド校のベリオール寮のサロンで、一人の青年が黄金の髪をかき上げ、大きく溜息（ためいき）をついた。その制服から、彼が四学年生であることがわかる。

彼のトラウザーズが一学年生から三学年生が穿（は）く黒でもなく、五学年生が穿くグレーでもない、四学年生特有の黒にピンストライプが入ったものだからだ。

さらに、燕尾服（えんびふく）の胸には白のレースのハンカチーフが飾られている。四学年生にして、監督生でもあるという栄誉を授かっているようだ。

だが、その青年はそんな優等生とは思えぬほど、不穏な空気を纏（まと）っていた。すると目の前に座っていた青年が大きく息を吐いた。

「いい加減にしないか。ロラン・ジャスティック・アドリオン」

軽く叱責したのは、ベリオール寮の寮長であり、このエドモンド校のクイーンという名誉職にもある、アシュレイ・G（グリフィス）・アークランドだ。

彼に咎（とが）められた青年、ロランはそのきつめな印象を持つ顔を、さらに不快に歪め、口を開く。

「寮長、何度も言うようですが、シエルにファグはいりません」

ロランは寮長に対しても臆することなく、意見を口にした。

ロラン・ジャスティック・アドリオン。ヨーロッパの一国、ファルテイン公国の公太子である。輝くような濃い黄金の髪に、同じく濃いエメラルドグリーンの瞳を持つ、美丈夫だ。

出自もあってか、少し不遜（ふそん）なところがあるが、アルファ特有のカリスマ性もあり、『黄金の獅子（しし）』と呼ばれて人望も篤（あつ）い。

現在の寮長、アシュレイでなければ、この男を扱うことはできないだろうと言われているくらいだ。

アシュレイもまた、イギリスの名門、アークランド伯爵家嫡男のアルファであり、『金の太子』とも呼ばれているエリートだ。さらにエドモンド校初のクイーンにもなっている。

クイーンとはキングの補佐をする役割に与えられた称号だ。アシュレイが、今のキング、御井所由葵に選出され、この称号を受けた。

キングとは、生徒総代のことを指す。キングになることは、学校の中の話だけではなく、成人後の社交界でもかなりの名誉とされ、上級社会で成功したければ、まずキングの座を狙えと言われるほどだ。

もちろん、キングは簡単になれるものではない。だからこそエドモンド校の野心を抱く生徒たちは、こぞってキングの座を最終目標とし、切磋琢磨していた。ロランも例外ではなかった。

キングとは、エリートの中のエリートなのだ。

このキングになるのを有利にするためには、まず普通は五学年生がなる監督生に、四学年生からなることが第一に挙げられる。基準は四学年生になった時点で、成績レベルが上級クラスに達していることだ。年に数人しかいないレベルである。

だが、たとえ四学年生で監督生になれても、それはエリート街道の通過点でしかなかった。一学年生の時から寮内の生活態度もチェックされ、五学年生になる際に、寮生から寮長に選ばれないとならない。こうして数々の関門を乗り越えて、運がよければ寮のトップ、寮長に任命されるのだ。そしてキングというのは、この十五の寮の寮長の中から選ばれるトップ中のトップだった。

アークランドは最もキングに近い男と称されていたが、先週のキング選定会にて、土壇場でライバルであったマンスフィール寮の寮長、御井所に票を投じるという前代未聞の行動を起こした。

アークランドがキングになるところだったのを、ぎりぎりに投じられたこの一票で御井所がキングになったという騒動は、すでにエドモンド校の伝説の一つになろうとしている。

絶対的エースだったアークランドがそんなことをしたため、栄えあるキングの輩出のチャンスを逃したベリオール寮の面々からは、『来期こそは、我が寮からキングを！』と血気盛んな声が上がっている。その白羽の矢が立っているのが、ロランだった。

次の寮長の最有力候補であり、ひいてはキングに一番近い男と称されている。

それだけの人望がある男、ロランがこのように不機嫌な態度を表すのは、ただ一つ、伊織・クロード・シエルのことに関してだけだ。

「シエルには私の世話をするという役目があります。彼にファグをつけるのは反対です。彼がファグの教育をするということは、私の世話をする時間が減るということです。それに彼にこれ以上、無理をさせたくはありませんから」

ファグとは、各寮で最上級クラス、シックスフォームに在籍している四、五学年生の監督生の身の回りの世話をする一学年生のことである。

監督生はそれぞれファグを持ち、彼らに色々と雑用をさせつつ、紳士としての振る舞いを学ばせ、円滑に学園生活を送れるように援助し、そして指導していく。監督生はファグにとって、いわゆる生活面での教師のような役割となっていた。

ファグの任期は一年と短いが、育んだ絆は強く、卒業後も関わっていく。社交界でもその関係は大きな役割を果たしていた。

今年、ロランもそして伊織もファグを持つ資格を有していた。

伊織は侯爵家の次男であるが、公太子、ロランの学友であり、身の回りの世話をする使用人という立場でもある。伊織のことを使用人とは思ったことはないが、今は伊織のファグを断るために、そう言わざるを得なかった。

ロランは寮長を正面から見据えた。だが寮長は優雅にティーカップを持ち上げると、紅茶の香りを堪能し、大したことなさそうに言葉を続けた。

「ふぅん……。私には、普段、君がわざと我儘を言って、シエルを困らせているように見えるが？　あの言動をやめれば、彼にそんなに負担をかけるようなことはないんじゃないか？」

「負担ではないと思いますよ。彼は『美しき調教師』とまで言われていて、私を叱るのを趣味としていますからね」

「そうかな？　わざとそうさせているのは君のような気もするが？」

優雅で柔らかな雰囲気を持つが、実際は一癖も二癖もある寮長の目が面白げに細められた。

何もかもお見通しだとばかりに痛いところを突かれて、ロランは息を呑んだ。

「っ……」

「まあ、いい。今更君がどう言っても、彼にはこの一年間、ファグの面倒を見てもらう。この寮、いやこの学園において、身分やその他の理由で差別や特別扱いなどない。以上、他に何かあるか？」

アシュレイの笑みに、ロランは小さく溜息をついて、いえ、と答えるしかなかった。

＊＊＊

ここ、ロンドン郊外にあるエドモンド校は、伝統に重きを置くパブリックスクールでは珍しく、あらゆるバースを平等に受け入れるという、前衛的な全寮制男子校である。

そのため、アルファ、ベータだけではなく、本来他の一般スクールでは敬遠されるオメガの生徒も在籍することができた。

現在、このエドモンド校では、十三歳から十八歳の良家の子息千三百人ほどが学んでおり、寮も十五ある。

オメガも勉学に励む環境やその身の安全を保障されており、発情期を迎えれば、他の生徒から隔離され、つがいがいなくとも安全に発情期を越せるシステムも出来上がっていた。

そんなすべてのバースに寛容な学園で学ぶ中、伊織はまだバース覚醒をしていない四学年生だ。

漆黒に輝く髪、そして陶磁器のように滑らかな肌に、意思の強そうな大きな瞳。バースは未覚醒であっても、多くの生徒がアルファかオメガであろうと予測できる容姿をしていた。どちらのバースも見目が麗しいとされているからだ。

だが伊織としては絶対オメガであってはならない理由があった。オメガではアルファであるロランの傍にいられないのだ。

オメガはアルファを惑わす魔物——。

誰が最初にそう言ったのだろう。オメガはつがいでない限り、アルファの傍にいてはならないバースとされていた。最近は医学も進歩し、一緒にいても問題ないほどにフェロモンも薬で抑えられるようになったが、まだまだ古い慣習に縛られている人も多い。

ファルテイン公国もそういった古い考えの人間が多く、優秀なアルファで、公太子でもあるロランを、その力で誑かすであろうオメガは歓迎されるものではなかった。

ロランにとって、少なからず有害となるものは排除されなければならない。もし伊織がオメガに覚醒してしまえば、彼の側近になるどころか、その対象に入ってしまう可能性が高かった。

いっそベータでもいい——。

伊織は、ロランの学友として彼の世話を任され、この学園に入学し、現在も一緒に生活している。自身もファルテイン公国の名門貴族、シエル侯爵家の次男という立場で、裕福な家庭で育っていた。

日本人である母の血が濃く出てしまい、華奢ではあるが、公太子を護衛するために一通りの武術は習得してもいる。だがロランは決して伊織に護衛させようとはしなかった。

『お前を危険な目に遭わせるほど、私が無能だと言いたいのか？』

そう言って、取り合ってもくれない。伊織にとって、それが少し不満だが、いざという時は、身を挺してでもロランを守るつもりである。

さらにロランは常に成績優秀で、三学年生の最終学期で、すでに最上級クラスへ進級していた。それは本来五学年生に与えられる『監督生』という特別職を、四学年生でも与えられるという特権を得られる条件でもあった。

キングを目指すロランとしては確実に通過しなければならないポイントだ。

そんなエリートの役職であるが、ロランの言動から察するに、本来四学年生では二人部屋であるところ、監督生になって個室を貰うのが一番の目的のようである。

伊織は三学年生の四人部屋から二人部屋になるだけでありがたかったが、ロランから、監督生になり個室を貰うようにと命令されたため、従わなければならない立場としては、必死で勉強するしかなかった。結果、どうにか伊織もロランとそろって最上級クラスに進級し、この九月から個室を貰える身となった。

そう——、個室になったら、ロランと二人っきりになる時間が増える……。

伊織の鼓動が小さく音を立てた。嬉しさに心が震える。

「っ……」

——畏れ多いことだ。

ロランは十二歳でアルファに覚醒し、ファルテイン公国の次期大公に正式に決まった公太子だ。本来なら、いくら名門といっても、シエル侯爵家の次男で、家督を継がない自分ごときが親しく話ができる立場ではない。

なのに、彼に恋をしてしまった——。

伊織の胸がきゅっと収斂（しゅうれん）した。

いつからロランに恋をしていたのだろう。気がつくと、この三年間のうちに、彼に主（あるじ）以上の想（おも）いを抱いていた。

普段、我儘を言ったり傍若無人だったりするのに、いざ公の場に出ると、好青年のごとくきっちりとし、王者特有の誰をも虜（とりこ）にするオーラを発する。

長くつき合ってわかったことだが、ロランは伊織の前でだけ、素を出してくれるのだ。

それを理解した時、伊織は自分でも驚くほど嬉しくなった。そしてロランに恋をしていることに気づいたのである。

だが。

恋にできない恋――。そう割り切るしかない。身分違いにも程があった。

再び伊織の心臓がきつく締めつけられる。

自分の中の一部が、ロランから逃げ出して、辛い恋心に終止符を打ちたいと叫んでいた。

だが逃げてしまったら、ロランの傍に立つことは一生できないことも知っていた。

ふと伊織の部屋がノックされる。返事をするとファグである今年の新入生、御井所夏希が顔を覗かせた。

「ファグ・マスター、寮長がお呼びです」

「ああ、すまない。今行く」

伊織は新しい自分の部屋を見渡し、そして時計を確認した。今回から、伊織もファグの指導をする立場になったのだ。

「ファグか……。私も一学年生だった時にいろいろ雑用をやったな……」

ふと、三年前を懐かしく思う。まだロランも自分も十三歳という子供だった。

＊＊＊

三年前の九月――。

伊織はロランと一緒にこの難関、エドワード校に無事合格し、その門をくぐった。

当初、伊織はロランの学友であると共に、生活面でも補佐をするように言われていたので、しっかりしなくてはと気を張っていた。

そのためか無理がたたり、体調を崩しては、よく熱を出すようになってしまった。

「お前さ、私が本当に何もできない男だとでも思っているのか？」

医務室のベッドで寝ている伊織に、見舞いに来たロランが不機嫌を隠さず、そんなことを言った。とんでもないと思い、くらくらする頭を大きく横に振って答えた。

「いいえ、ロラン様が何もできないとは、思ってもいません」

「そのロラン様っていうのもやめろ。ここは身分の差もバースの差も、すべて平等に扱うことを謳(うた)っている学園だ。お前もここに入ったんだ。私のことはそのままロランと呼べ」

「で、ですが、それは不敬に当たる行為だと……」

「私が呼べと言ったんだ。何が不敬だ。莫迦(ばか)らしい。いいか、これからお前は私のことをロランと呼び捨てろ。そうでなければ返事をしないからな」

「ロラン様……」

つい癖でそう呼ぶと、双眸(そうぼう)を細めた彼にきつく睨(にら)まれた。仕方なく言い換える。

「……ロラン」

彼の双眸が緩む。そして伊織の頭を優しく撫(な)でた。

「それでいい。あと、私のファグの仕事までしようとするな。私は私で監督生とのコネクションを作りたいと思う。そのためには、上級生の無理難題も引き受けて、信頼を得ていかなければならないからな。お前が内緒でやっていたなどと噂が立ったら元も子もない」

ロランの言葉に目が覚めるような思いがした。彼には彼の考えがあることに気づかされる。それも何年も先の未来を見据えての考えだ。

「っ……申し訳ございません。浅慮でした」

「ったく、畏まるな。あと、お前は私の学友だ。大げさにへりくだらなくともいい。私の隣で大きな顔をしていろ。その代わり必ず私の傍にいろ。単独行動は禁止だ。他の男についていくな。やむを得ない場合は私に報告しろ。わかったな」

「はい」

そんなのは当たり前だ。ロランに何かあったら大変だ。いざとなったら守らねばならないのに、彼から離れることはない。伊織は大きく頷いた。

「じゃあ、早く体調を戻せ。生活のリズムも変わったんだ。お前は無理をしすぎなんだ。そんなやわな躰では、将来、私の側近にはなれないぞ」

「側近に……」

伊織がロランの側近を夢見ていることを知っているからこそその気遣いで励ましてくれるロランに、伊織は心底感謝した。

「ありがとうございます」

伊織もそして伊織の父も、将来の大公、ロランの側近を望んでいる。父は政治的野望もあるが、伊織は純粋に子供の頃からロランの補佐ができるような人間になりたいと願っていた。

こうやってロランと一緒に学ばせてもらっているのも、最も有力な側近候補だからだ。頑張らないと――。

「じゃあ、私は授業があるから戻るが、しっかりここで休養しろよ」

「はい、ありがとうございます」

伊織はロランの背中をベッドから見送ると、早く体調を治すため、きつく目を瞑(つぶ)ったのだった。

それから伊織は何もかもロランの手助けをするのではなく、選別して手伝うようにした。一学年生は六人部屋で、ロランと同室だ。そのため彼が苦手な片づけを手伝ったり、規則を破ろうとするのを諌めたりしているうちに、伊織はロラン曰(いわ)く、口煩(くちうるさ)い学友となっていった。

そうして十一月に入ると、恒例の新入生親睦会が開催される。

全校生徒が、新入生の中で一番の美人だと思われる生徒に投票してアーサー王の物語に登場するギネヴィア姫を決め、さらに十五ある寮からそれぞれ新入生を一人ずつ選出し、彼らにアーサー王の円卓の騎士のごとき恰好(かっこう)をさせて、フェンシングで勝敗を競うというものだ。

伊織も新入生の時に、ギネヴィア姫の役に任命された。

寮対抗の試合などはすべてポイント制になっており、一年を通して、合計ポイントが一番高かった寮が年間ＭＶＰに輝く。

それは名誉とされ、代々受け継がれるキングの手帳にその寮の名が記載されることになっていた。過去に何度その名前が手帳に載ったかで、各寮の優劣が決められていると言っても過言ではない。

ギネヴィア姫を輩出した寮は、まずそれだけで一ポイントがつくということで、ベリオール寮は有利だと大いに盛り上がった。

去年はマンスフィールド寮の御井所由葵という生徒が、歴代一位ではないかと言われるほどの美しいギネヴィア姫を演じたらしい。

伊織が任されたギネヴィア姫の役どころは、試合ごとの勝者の騎士に白い薔薇(ばら)を一本ずつ褒美として渡すというものだ。ギネヴィア姫から拝受した薔薇は名誉とされ、試合に勝ち進むほど名誉と共に本数が増えるという仕組みになっている。さらにその薔薇はドライフラワーにされて、次の年の新入生親睦会まで各寮に飾り、その栄誉を称(たた)えるとのことだった。

伊織がいるベリオール寮のサロンにはこの白い薔薇の他に、月桂樹の王冠も飾られている。

それはこの寮の生徒が去年優勝者だったということを示していた。

新入生の親睦会といっても、やはり寮同士の戦いになるので、各寮のプライドをかけた熱い大会になり、ベリオール寮も愛寮精神の下、連覇に向けてかなり盛り上がっていた。

そんな親睦会がいよいよ迫る中、寮の部屋で本を読んでいたロランがふと顔を上げて、隣で予習をしていた伊織に話しかけてきた。

「私はお前に投票しなかったのにな。フン、ギネヴィア姫に選ばれたか」

「え?」

それはロランにとって、伊織が美人ではないということだ。確かに他の生徒から容姿のことで褒められたことはあったが、伊織は自分自身を美しいと思ったことはなかった。だが、改めてロランに言われて、少しだけ傷つく。

自分はロランの好みではない——。

別に側近に顔が好みも何もないのかもしれないが、それでもどうしてか伊織は、自分でも驚くほど気落ちした。

「……そうですね。私も驚いています」

「寮長に文句を言ってみたが、学園全体で決めたことだから、どうにもならないと言われた。くそっ、こんなことなら、もっと早く動いて、別の候補を目立たせればよかった」

不機嫌に言うロランの顔を見上げる。どうして彼がそんなに怒っているのかよくわからなかった。もしかしたら、従者が主より目立ってしまったからだろうか。だが、ロランがそんな狭量な心の持ち主でないことは知っている。

いろいろと考えていると、ロランが伊織を睨みつけてきた。

「伊織、お前、他の男に手の甲にキスをされてもいいのか!」

「え? でも手の甲にキスされるとは決まっていませんし……」

勝者に薔薇を手渡す時に、相手からなんらかのアクションがなきにしもあらずで、それはそれで手の甲にキスされても仕方ないかと思っている。正直言うと、別にあまり考えてはいなかった。だがロランは違ったようだ。

「決まっていないって……。去年、アークランドさんが、マンスフィール寮の御井所さんの手にキスをして、大騒ぎになったという話はお前も聞いているだろう」

「聞いていますが……。それは去年の話ですし、今年がそうとは限りません」

どうしてロランがそんなことを気にするのか意味がわからない。

「お前はなぁ……。いいか、お前はそう思っていても、相手はどう思っているかわからないんだぞ。お前はウブすぎる」

「ウブすぎるって……どういう意味ですか? 私は平均的な十三歳だと思います」

「そのままの意味だ。いいか、ギネヴィア姫に選ばれたってことは、それだけお前のことをどうにかしたいという男が大勢いるってことだ」

「どうにかしたいって、一体、私をどうするって言うんですか。ロランは私が誘拐でもされるとでも？」

そんな簡単に誘拐されると思われていることにショックを覚える。

ロランをきつく睨み上げていると、彼が呆れたように大きく溜息をついた。

「はぁ、違う。誘拐じゃない。そうじゃなくって、お前だって、例えば好きな女優が目の前にいたら抱き締めたくなるだろう？」

「あ……好きな女優というのがいなくて……」

「ああ……」

ロランが哀れなものでも見るような目で見つめてくるので、ついムッとしてしまった。こちらとしてはロランが選んだエドモンド校に一緒に行くために猛勉強をしていたのだ。映画など観ている暇はなかった。

「仕方ない。じゃあ、お前のレベルに合わせよう。なら、例えば、可愛い子犬が目の前にいたら、抱き締めたくなるだろう？」

「あ、確かに、それは抱き締めたくなります」

「それと同じだ」

「同じ？」

「お前は可愛い子犬だってことだ」

「いくらなんでも私が子犬に見えますか？」

「見える莫迦男がここには何百人といるってことだ」

「え……」

ロランの言葉に急に恐怖が生まれた。自分はオメガどころか、まだバース覚醒をしていない人間だ。そんな人間をそういう目で見る輩がいることに、純粋に恐怖を覚えた。すると急に固まった伊織を見て、ロランが焦ったように頭を掻いた。

「あー、すまない。お前を怖がらせるために言ったんじゃない。大丈夫だ。怖がるな。お前は、この私の学友で側近候補ナンバーワンだ。そんなお前に手出ししてくるようなヤツはいないさ。いたら、私が処分してやる」

「ロラン……」

ロランの言葉に励まされる。いつも彼はさりげなく伊織を助けてくれるのだ。顔を見上げると、彼の表情がわずかに歪んだ。

「もう、わかった。よし、はっきり言ったほうがいいな。お前は、他の男に手にキスをされてもいいのか？」

「よくありませんが……」

「そうだ。その通りだ。大体、お前の最初のキスは、主たる私のものだろう?」

「え?」

気づくと、すぐ目の前にロランの顔があった。そのまま唇が重ねられる。

んっ――?

突然のことで意味がわからない。どうして自分はロランにキスをされているのだろう。

頭がハテナで埋め尽くされているうちに、ロランは伊織の下唇をそっと噛んで離れた。

伊織を見つめる彼の双眸が優しく細められる。その表情に伊織の心臓がトクンと鳴った。

「くそっ、やはりお前に何かする輩を阻止するには、私が試合に優勝するしかないか」

その声に伊織は我に返り、ようやく言葉を発する。

「な……あなた、唇にキスって……試合では手の甲にキスをされるのではないのですか?」

「フン、私はお前の主なのだから、他の輩と同じレベルのキスなわけはないだろう」

「なっ……」

「伊織、覚悟しておけ。もし、いや、万が一でも私が優勝できずに、他の男が優勝したとしても、決してその手に触れさせるな。いいか、触れさせたら、お前もその男も不敬罪で収監するからな」

「え! どうしてそれが不敬罪になるんですか? ただの行事ですよ? あり得ない」

「私の未来の側近を、学生時代に誑かしたというのは、我がファルテイン公国を軽んじているという証拠だ。それなりの報復は覚悟してもらう。そしてそれを甘んじて受けたお前も同罪だ」

開いた口が塞がらないというのはこのことかもしれない。屁理屈もいいところだ。だが、それに対して、文句を言ってもロランが引き下がらないのは、もう五年も一緒にいる仲なのでわかっている。伊織は仕方なく頷くことにした。

「わかりました。そういうことがないように、気をつけます」

確かに考えようによれば、未来のファルテイン公国の太子の片腕になるべき男が、そうそう簡単に男にキスをされてはいけないかもしれない。

伊織の返事にロランも満足したようで、それまで中断していた読書をまた続け始めた。

結局、親睦会でのフェンシング大会はロランが優勝し、伊織はロランから頬にキスをされただけで、他の誰からもキスをされることはなかった。

＊＊＊

そしてあれから三年が経ち、いよいよ自分たちも四学年生になり、ファグを持つ立場となった。

感慨深いな……。

自分の新入生時代を思い出しながら、ベリオール寮のサロンへと赴く。そこには寮長を始め、寮生たちが、各々自分が好きなように時間を潰していた。その合間を縫うようにして、新入生である一学年生が、お茶や菓子をサーブしている。

「シエル」

寮長に呼ばれ、伊織は彼の傍へと寄った。それまで寮長の隣にいた副寮長がソファーから立ち上がる。どうやらそこに座れと言っているようだ。

伊織は恐縮しながらも寮長の隣へと座った。

「君のファグの御井所はよくやっているか？」

「はい。理解も早く、よく気がつきますし、聡い新入生だと思います」

「そうか。実は今度の新入生親睦会のフェンシングの選手だが、御井所を我が寮の代表として参加させようと思っている」

「はい」

伊織も当然の選出だと思う。彼は成績が優秀なだけではなく、身体能力もかなりのものので、フェンシングだけでなく、ラグビーも含め、スポーツ全般を得意としている。

新入生のうちから、五学年生になったら寮長になるだろうと期待されている御井所は、通例なら現寮長であるアークランドのファグになるところだった。だが、彼の兄が現在のキング、御井所由葵であることから、その補佐のクイーンでもあるアークランドが彼のファグ・マスターとして就くことは妥当ではないということになり、伊織がファグ・マスターを務めることになったのだ。

本来、次期寮長との声が高いロランがなってもおかしくないのだが、寮長にも何か考えがあるようで、あえて伊織をあてがったようだった。

このファグの件についてのロランの機嫌は、すこぶる悪い。伊織の体格よりも大きな新入生は、何かあったら伊織が抑え切れないなどと言い、かなり反対したのを、寮長が聞く耳持たないとばかりに押し通したからだ。

昔は、伊織のことを頼りなく思っているから何事も反対するのだと思っていたが、最近は過保護なのだと気づいた。もちろんその根本には伊織が頼りないからというのがあるかもしれないが、ロランは自分の懐に入れた人物には優しいし、過剰に心配もする。それを知っているからこそ、伊織もロランの言動にあえて抗議をすることはなかった。

「そこでしばらく、彼のフェンシングの強化練習をするつもりだ。シエルのファグとしての役割に少し影響してくるから、念頭に入れておいてほしい」

「わかりました」

「指導はアドリオンをメインに、フェンシングの上手い寮生に任せてある」

「アドリオンに？」

思わずサロンで他のグループと談話しているロランにちらりと視線を向けた。するとロランと目が合う。

「どうした？　シエル」

「あ、いえ……」

ロランは伊織のファグ、御井所を嫌っている。まさかと思うが、これに乗じて御井所をきつくしごくのではないかと、心配になったのだが、それを率直に寮長に言うのは躊躇われた。ロランの評価が下がってしまっては駄目だからだ。いろいろ考えを巡らせていると、いつの間にかロランが伊織の傍へとやってきた。

「シエル、私もそこまで狭量ではないぞ」

伊織が考えていたことをロランは察していたようだった。そして同様に寮長も察していたようでプッと小さく笑う。

どうやら寮長はこんなことでロランを評価したりしないようで、伊織もホッとする。

「失礼しました」

素直に謝ると、ロランが偉そうに言葉を続けた。

「寮のため、御井所には勝ってもらわないとならないからな。愛をもってしごく」

「やはり、しごくんじゃないですか……」

「当たり前だ。優勝するには並大抵の努力では無理だ。どの寮も徹底して挑んでくるからな」

並大抵の努力では無理――。そうだ。ロランが新入生の時も、フェンシングをかなり練習していた。

常に上を目指すロランを、当時から眩(まぶ)しく思っていたことを思い出す。すると隣に座っていた寮長がまた笑った。

「アドリオン、私情を挟むんじゃないぞ。君の他にも数名コーチがいるからな。君が御井所に何かしても、すぐに私のところに話が届くようになっている」

「酷(ひど)いですね。寮長まで私を信用されていないんですか？」

「そんなことはないさ。だが念には念を入れてだ。私はキングにも弟のことを頼まれているからな。あからさまないじめは許さないよ」

「許さないよって……。いじめなんてしませんよ。そんな子供っぽいこと」

「フッ、わかっている。君は意外にも正義感が強いからな」

「意外にもという言葉が余分です、寮長」

あの『金の太子』とも呼ばれる寮長に怯(ひる)むことなく対等に話すロランを、伊織は双眸を緩めて見つめていた。

ティータイムも終わり、各々、それぞれの部屋へと戻る。個人指導を受ける者、そのまま友人と外出する者、夕食までの一時間半ほどであるが、好きなように過ごせるわずかな時間だ。

伊織はロランと一緒に部屋へ戻るために廊下を歩いていた。

「ロラン、いつから御井所のフェンシングの指導を?」

「親睦会が二週間後だからな。今日から、と言いたいところだが、今日はお前を補給する」

「え?」

伊織の心臓が爆ぜる。するとロランが身を屈め、伊織の耳元に囁いてきた。

「お前と、どれだけセックスしていないと思うんだ……」

カッと躰の芯に熱が灯る。だがそんな淫らな自分をロランに知られたくなくて、そっけなく答えた。その態度だけが伊織にとって、唯一の鎧なのだ。

「……そういうあからさまな言い方は好きではないと言ったはずですが」

「ふん、伊織はそういうところは堅いからな。まあ、いい。私はもう我慢できないぞ。お前が嫌だと言うなら、無断外泊するがいいのか? お前の監督不行き届きになるぞ」

「どうして私のせいになるんです」

「お前の責任にされたくなかったら、このまま私の部屋に来いよ」

ロランの手が伊織の腰を引き寄せる。たったそれだけのことなのに、伊織の心は悦(よろこ)びに満ち溢れた。

好き。

好きなのだ。どんなに自分を諫めても、ロランを好きであることをやめられない——。

思わずロランの顔を見上げる。本当は見惚れてしまうところを、どうにか睨むことで、自分の体裁を保つ。

「……行きます」

「伊織なら、そう言ってくれると思っていた。さあ、夕食まで一時間半くらいだ。急ぐか」

ロランに手を引っ張られるまま、彼の後をついていく。

ロランが理由を作るから断れない——。

だが、それが伊織の免罪符にもなる。今回も無断外泊をすると言うから、伊織が『仕方なく』相手をするという理由ができるから、断れないのだ。

ロラン。

ロランが強く握ってくる手を、同じ強さで握り返すことができたらどんなにいいか——。握り返したい。でもできない。きっとこれからも一生できないだろう。それだけの身分の差が二人の間にはあるのだ。

ロランが音も立てずに自室へ滑り込む。部屋に入った途端、激しいキスをしてきた。

「んっ……」

伊織もそれを素直に受け入れる。ロランはしばらく貪るようなキスをした後、伊織の少し赤くなった唇を、愛しげになぞった。その感触に伊織の背筋が甘く震える。

「いい顔をするようになったな……」

「……だ、誰のせいだと思っているんです」

「ふっ……私のせいだな」

そう言うと、再びロランがキスをしてきた。彼の舌が歯列を割り、口腔を丁寧に弄ってくる。舌を搦め捕られそうになり、思わず逃げてしまえば、執拗に追いかけられ、そしてきつく吸われた。

「んっ……」

甘くくぐもった声が重ね合わせた唇の隙間から零れ落ちてしまう。躰の奥に快楽の火種が生まれるのを自覚した。

「ロラン……」

どくどくと伊織の鼓動が鼓膜に響く。同時にジンと痺れるような熱が下肢に生まれる。好きな人との接触がこれほど自分の理性を失わせるものだとは知らなかった。

伊織はずっとこの狂おしい気持ちを自覚し、ひた隠しにしてきた。彼にばれてしまうのが怖くて仕方がない。

　一年前、初めてロランに抱かれた、あの日から——。

＊＊＊

　一年前、伊織が三学年生になってしばらく経った頃だった。ロランの行為に、意図的な淫らさが混じるようになった。

　その頃には、すでに伊織はロランに恋心を抱いており、彼から与えられるキスに心を震わせる日々を送っていた。そのためロランのエスカレートする行為を自分から止めることができなかった。

　キスだけだった行為が、いつの間にか伊織の下半身を弄るようになり、そして最近では上半身を裸にし、乳首に舌を這わせるようになっていた。

「あ……ロラン……っ」

　その日も、最近籠る時によく使う音楽準備室の床に座って、二人で隠れてキスをしていた。すると、ロランが伊織の黒の燕尾服を脱がせてきた。そのまま黒のベストのボタンを外し、白のファルスカラーのシャツに手をかける。いつもと様子が違うような気がして、伊織は身を引くが、ロランの腕はそれを許さなかった。

「っ……」

キスで唇を塞がれ、抗議ができない伊織は、軽くロランの背中を叩(たた)いて抵抗するしかない。

「……駄目か？」

いきなり唇を離し、ロランが小さな声で告げてきた。まるで願うような、いや、祈るような様子で伊織に囁く。伊織はそんなロランを見上げた。すると彼の指がそっと伊織の首筋を撫でる。

「私の熱を受け止めるのは嫌か——？」

「え……」

鼓動が大きく跳ねる。彼がなんの伺いを立てているのか薄っすらとわかったからだ。

「お前だけを相手にしてきた私だ。今更別の相手で快楽を試したいとは思えない。どうせ童貞を捨てるなら、お前がいいと思っていた」

「ど、童貞って……どういう」

刺激的な言葉を耳にし、伊織は顔が真っ赤になった。ロランの下半身事情を少しだけ想像したのもよくなかった。どぎまぎしてしまう。だがロランはそんな伊織を、不穏な空気を纏いながら見つめてきた。

「お前の処女を貰うということだ。今までお前のものはすべて私のものにしてきたが、処女も当然、私のものだよな？」

「当然って……それに処女って……。私にはそんなもの、ありません」

「まあ、呼び方はどうでもいい。大切なことは、お前のここに、私以外の誰かが挿れたことがあるのか、ということだ」

　ここと言いながら、背後に回された手が伊織の双丘を摑み、そしてその狭間に眠る、人には触れられたことのない蕾を指でクイッと刺激してきた。

「あっ……」

　トラウザーズの上から、ロランの意思を持った指先がまだ固い蕾へと、きつく押し込められる。

「ここに誰かを咥えたことがあるかと聞いている、伊織」

　最後に名前を呼ばれた時には、ロランのそれまで優しかった口調が鋭くなっていた。

「……あ、ありません」

　視線を伏せて答えると、頭上からロランの吐息だけの笑みが零れる。

「ならいい。私の未来の側近に淫らな誘惑を仕掛けた人間がいたら、罰さないとならないところだった。お前の純潔も私のものだからな」

「な……ロラン……」

　怖くなって後ずさろうとしたが、躰を抱き締められているため、それもできなかった。

するると、彼の瞳が苦しげに細められる。

「お前の忠誠心を疑ったことはない。だが、時々、私はお前に慕われているのか、不安になることがある。自分で言うのもなんだが、こんな我儘な男だ。お前にもいつか見限られる日が来るのではないかと、不安に思う日もある」

「そ、そんな！　ロランは立派な公太子です。他のご兄弟よりも、多くのことに秀で、人を圧倒するオーラもあります。私があなたを見限るなんてことは絶対ありません！」

「本当か？」

途端、ロランの表情が輝く。その表情を見て、伊織の脳内で危険信号が点滅した。言葉を足す。

「え、えっと……あの、あまり片づけが上手くできないところとかは、たまに見限りたくなりますが……」

「はは……それは善処しよう。だが私があまり完璧にやると、お前がつまらないだろう？　お前のために、少し残してやっているのさ」

「……つまらなくはありませんので、服を所かまわず脱ぎ捨てないようにしてください」

「では、この音楽準備室では脱いでもいいんだな」

「え……？」

「お前の忠誠心は私のものだ。すべて私に明け渡せ」

「ロランっ……ん……」

再び獰猛(どうもう)なキスで唇を奪われる。密室といえど、いつ誰が入ってくるかわからない部屋で、今からロランとキス以上のことをするのかと思うだけで、伊織は羞恥でどうにかなりそうだった。

そんな伊織の気持ちを悟ったのだろう。ロランが伊織の耳朶(じだ)を甘嚙みしながら優しく囁いてきた。

「大丈夫さ。この音楽準備室には誰も入ってこない。私が二人だけの秘密を、今まで誰かに気づかれたことがあったか？」

ゆっくり首を横に振る。それを見て、ロランが満足そうに笑みを浮かべた。

「お前だけだ。私を心から支えてくれるのは、伊織、お前だけだ」

「ロラン……」

言葉だけかもしれない。それでも伊織の胸は嬉しさに膨れ上がった。

伊織の耳朶を嚙んでいたロランの唇がやがて首筋を滑り、薄い皮膚の上にくっきりと現れる鎖骨へと移る。それと同時に、伊織の無防備な乳首にロランの指先が触れた。

「あっ……」

熱く芯を持った痺れが伊織の背筋を駆け上がる。以前からロランによって弄(いじ)られ、育てられた乳首は、彼が触れるだけで淫猥(いんわい)な熱を持つようになっていた。

「この乳首も私だけのものだ。私にだけ反応してくれるんだな、伊織は」

「そ、そんな……私は……」

自分の意思とはまったく関係なく、躰がロランに反応してしまうことに戸惑いを覚える。

だが、彼にきつくそこを吸われた途端、その思いは霧散した。代わりに凄絶な快感が襲ってくる。

「あぁっ……」

彼が唇を離すと、伊織の乳首が赤く膨れ上がっていた。

「ロラン、あまりきつく吸わないで……」

「どうしてだ？　気持ちがいいからか？」

「ちがっ……あぁ……っ……」

彼の唇が再びロランの胸に吸いつく。男の平たい胸など面白くないだろうに、ロランは伊織の胸を揉み、乳首を執拗に吸った。

「ロラン……あまり吸わ……ない……でっ……痛いか、ら……あぁ……っ……」

自分で痛いと口にしながら、それだけではない感覚に翻弄される。敏感になってしまった乳首は、ロランに弄られるだけで快感を生んでしまう器官になってしまったようだ。

次第に下肢から淡い疼きが生まれ出したかと思うと、ロランが柔らかく乳頭を噛む。

「んっ……はっ……ふっ……あ……」

乳首を歯で挟まれ、少し痛みを感じるほどきつく引っ張られた。

「やっ……あぁ……」

出したくないのに、嬌声が止まらない。

「いい声だ。私だけが聞ける声だな」

そう言いながら彼が指の腹でもう一方の乳首をくちゅっと押し込んできた。

「ふあっ……あぁ……」

びりびりとした痺れが下肢へと伝わる。下肢ですでにふるふると震えていた劣情に、官能的な焔が灯った。

「んっ……ふっ……」

次々と伊織の口から声が零れ落ちてしまう。

「私の愛撫に上手く感じているようだな」

何度も何度も指の腹で乳頭を捏ねられる。すると、いつの間にかそこが芯を持ち、こりこりとした感触が生まれていた。その感触を愉しむかのように、ロランは乳首を弄り続けた。

「っ……」

慎ましかったはずの伊織の乳首は、今ではまるで熟した果実のようにぷっくりと赤く腫れ上がり、割れ目が見えるほどになっている。すべてロランのせいだ。

「美味しそうだ。食べてみようか」

舌で強く刺激され、極上のワインでも味わうかのように、優しく舌の上で転がされた。片方の乳首をしゃぶられつつ、もう片方の乳首は指の腹で激しく揉まれる。快感が揺さぶられ、淫らな感覚が躰の芯から溢れてきた。

躰中から、熱が噴き出してくる。そしてそれはやがて全身に広がり、伊織の下半身へと集まってきた。

「あっ……ああっ……」

認めたくないが、ロランにきつく乳首を吸われると気持ちがいい。先ほどから吸われるたびに快感が迸り、伊織の劣情が大きく頭を擡げ始めていた。快感が蠢く。

「んっ……」

ロランの手が伊織のトラウザーズを器用に脱がし、下着も剝ぎ取った。

「だめっ……ロラ……っ……」

伊織の下半身がロランの目の前に晒されたかと思うと、彼は伊織の脚を持ち上げ、その太腿に口づけをしてきた。その瞬間、彼の硬い屹立が伊織の内腿に当たった。

「っ……」

布越しからでも彼がしっかりと欲情していることがわかる。

愛している人が、自分に欲情してくれている——。

それに心が伴っていないとしても、伊織にとって、この誘惑は抗えなかった。将来、後悔するかもしれない——。そんなことがちらりと頭を過ったが、今、目の前の好機をとても逃すことなどできなかった。これを逃せば、もしかしたら二度とロランの熱を受け止めることができないかもしれないと思うと、拒むという選択肢はなかった。

ロラン——。

愛しさが胸を締めつける。

っ……、好き——。

好きなのだ。自分がどんなに愚かなことに手を染めようとしているのか、わかっているのに、それをやめることができないほど——。

ロランの背中に手を回そうとすると、彼がその手を摑み、指先に唇を寄せてきた。そのまま舌で愛撫する。

「あ……んっ……」

指の股まで舐められ、恐ろしいほどの喜悦が生まれた。

「お前の躰は、指まで甘いな……」

吐息が素肌に触れ、躰がぶるりと震える。

「ロラン……」

伊織は畏れ多いと思いながらも、ロランのシャツに手をかけ、快感に震える手で服を脱がせた。

昼間の音楽準備室は静かで、校庭から時折生徒の声が響く。昼食の後の休憩時間は、多くの生徒が校庭へと出ているのだ。そのため、ロランと秘密の関係を結ぶ時は、最近、この場所、この時間が多かった。

小窓から差し込む陽(ひ)の光の中で、きらきらと細かい埃(ほこり)が舞っている。床の上にはロランがどこかから調達してきた薄手のマットが敷いてあり、まるで二人だけの秘密基地のようにも思えた。

ロランが何か眩しいものを見るような仕草で、双眸を細め伊織を見下ろしてきた。目が合った途端、伊織の鼓動が激しくなり、心臓が飛び出しそうになった。

ロランの手がそっと伊織の内腿を這うようにして蜜部へと入り込む。そして淡い茂みで震えていた下半身をそっと握った。与えられる刺激に、伊織の躰の芯がキュッと縮まる。

「あっ……」

いつの間にか彼が触れるところなら、どこでも感じてしまう躰になってしまった気がする。その証拠に、伊織の躰は、ロランから与えられる快感に翻弄され、自分でもコントロールできなくなっていた。

つい逃げようと腰を引いてしまうと、膝裏を持ち上げられ、両膝を彼の肩に担ぎ上げられる。彼に大切な部分を見られ、皮膚が淫靡(いんび)な波にざわめいた。

「絶景だな」

「莫迦なことを……えっ？」

いきなりロランが伊織の躰を半分に畳むかのように躰を折り曲げた。突然のことで意味を摑みかねていると、伊織の臀部に湿った音と同時に、生あたたかい感触が生まれる。ロランが固く閉ざされた秘孔を舐め出したのだ。

「な、なに？　えっ……ふっ……そんなところ……舐めないで……くださいっ……」

頑なに侵入を拒む蕾を、ロランが舌で突く。わずかにできた隙間を抉るようにして、舌を滑り込ませてきた。彼の舌の動きに合わせて躰の底から湧き出てくる快感に、伊織は戦慄いた。

「ふっ……あぁぁ……ああっ……」

ロランは蕾がぐしょぐしょに濡れるまで口で吸い上げ舐め回してくる。

「ど、どうして……そんなところ……を、舐め……るんです……っ……あぁぁ……」

ようやくロランがそこから唇を離し、伊織の質問に答えてくれた。

「ここを解すためさ」

「解す……あ……」

そこでようやく理解した。ロランを受け入れるために必要な準備をしていたのだ。

途端、彼が今からしようとしていることに、真実味が帯びた。それは、この小さな孔で繋がることを意味していたのだ。

「待って……待って、ロラン……あぁっ……」

「伊織、ここまできて、私を裏切るのか?」

「裏切るなんて……そんな……」

「なら、されるがままにしていろ。お前を傷つけるようなことは絶対しないと誓う」

「ロラン」

「お前の初めては、私のものだ――」

「あっ……」

彼が舌だけでなく、指も挿入してきた。突然のことで、思わずそれをぎゅうっと強く締めつけてしまう。

「はっ、凄(すご)いな。お前のここはこんなふうにして、私を締めつけるんだな」

「っ、そういう言い方をしない……で……くださ……いっ……あっ……そんなところに……何を……んっ……」

「潤滑クリームだ」

「じゅ……んかつ、クリーム?」

「滑りがよくなるし、初心者用で、媚薬(びやく)も入っている。お前の負担を少しでも軽くするために、前もって手配しておいた」

それが本当なら、最初からロランは今日、ここで伊織と躰を繋げるつもりでいたということだ。

「前もって……って……あっ……」

何か一言文句を言おうとしても、ロランの指がいたずらに伊織の蜜路をかき混ぜてきて、言葉が上手く紡げない。溢れる快感に呑み込まれるだけだった。

次第に下肢から、凄（すさ）まじい愉悦が込み上げてくる。これが媚薬の効果ということだろうか。

「や……あぁ……変……変な感じが……あぁぁぁ……ふっ……」

激しく指を左右に動かされ、伊織は堪（たま）らずロランに縋（すが）ってしまった。

「変になればいい、伊織。私にしか見せない姿を見せてくれ」

「あ……ロラン……っ……ああっ……」

「挿れるぞ、伊織。少しだけ我慢しろ」

彼の猛々（たけだけ）しい屹立が伊織の柔らかくなった蕾へと押し当てられる。ずっしりとした質量であることは挿れられずとも伝わってきた。

刹那、蕾を押し開くようにそのままグッと彼の肉欲が捻（ね）じ込まれた。

「あぁぁあっ……ロラ……ンっ……はぁっ……っ……」

まるで灼熱（しゃくねつ）の塊が打ち込まれたような錯覚を覚える。煮え滾（たぎ）った劣情の塊が、伊織の奥へと突き進んできた。

「あっ……熱い……ああっ……」

入り込んできた異物の侵入を防ごうと肉襞（にくひだ）が必死に蠢くが、逆にそれがぴっちりと隙間なく彼の楔（くさび）に纏わりつくような形になり、より一層、伊織に強い快感を与えてくる。

熱が喜悦にすり替わり、伊織の全身を痺れさせる。躰が未知の快楽に歓喜するのがわかった。

「ああっ……んっ……」

初めてなのに、媚薬入りの潤滑クリームのせいか、それともロランのテクニックのせいか、淫猥な熱が躰中に溢れ、伊織自身を快楽の淵（ふち）へと追い詰めてくる。もういっぱいいっぱいなのに、ロランの熱の楔はますます深い場所へと食い込んできた。

「あぁぁあっ！」

腸がロランの動きに引き摺（ひず）られるような感覚も生まれるが、その奇妙な感触さえ、気持ちいいと思ってしまう自分がいる。

「いい……伊織、いいぞ。想像していたよりも、お前はずっといい……」

ロランに褒められるたびに、伊織は中にいる彼を締めつけ、応（こた）えた。

膝が胸につきそうなくらい曲げられる。下腹部の奥の奥にまでロランの存在を思い知らされた。

彼がここにいる——。

幸福に胸が膨らむ。愛がなかったとしても、彼が自分を欲し、熱を感じ取れたことは、伊織にとって奇跡のような気がした。

好き——。

好きという感情は厄介だ。与えられるすべてのものが、どんなものでも愛しくて手放したくないものに変わるから——。

このロランにもたらされる快楽もその一つに違いなかった。

「あっ……も……あぁっ……」

ロランの硬く太い楔が何度も抽挿(ちゅうそう)を繰り返し、繋がっている部分が泡立つ。次第に違和感も消え、淫壁をロランに擦(こす)られるたびに、躰の神経がざわめいて、伊織に嬌声を上げさせた。

「あっ……ふっ……あぁぁ……」

切ないのに甘く淫らな蜜に苦しめられながらも、さらなる快感を求めて彼を強く締めつけてしまう。

「くっ……はっ、伊織、お前とは躰の相性がよさそうだ」

「あ……ロラン……膨らませ……なっ……くっ……大きいっ……し……な……あっ……」

ロランの嵩(かさ)が伊織の中で増す。ぐっと媚肉を圧(お)され、快感を覚えたばかりの伊織の蜜路は、その与えられる刺激に過剰に反応してしまった。

「あぁぁぁぁっ……あ……」

目が眩(くら)みそうになるほどの熱に、伊織が意識を呑み込まれそうになった時、ロランの指先が、伊織の額にかかっていた前髪をそっと退(ど)け、そこにキスをした。

ロラン。

彼の背中に手を回すと、彼の唇が額から目元、そして頬に滑り、最後は伊織の唇を柔らかく吸った。

「んっ……」

「頑張ったな、伊織」

「あ……」

ロランが幸せそうに笑っているのを見て、涙が溢れてしまった。

「辛かったか?」

「辛くない……です。なんかほっとして……」

そう答えると、また唇にキスをされた。そのままロランの熱を帯びた指先が頬に触れてくる。その触れた場所からじんわりと甘い痺れが幸福感を伴って伝わってくる。

愛されていると勘違いしてしまいそうだ。

だが、愛されていなくとも、ロランから信頼されていることは確かだ。それだけでも伊織には充分だった。

伊織が無意識にじっとロランのエメラルド色の瞳を見つめていると、彼が不敵な笑みを浮かべた。

「……ロラン？」

そう呼びかけた時だった。ロランが我慢できないという様子で再び腰を動かし始めた。その性急さが、彼に強く求められている証のような気がして、伊織を喜ばせる。

「ああっ……」

彼が官能的に身を揺さぶってきた。下半身から湧き起こる喜悦に、伊織の躰が反応する。

「あ……んっ……ふっ……ああ……」

ロランの抽挿がますます激しくなる。彼の躍動感溢れる血潮が感じられるようで、眩暈がしそうだった。

「あああっ……もう……だ、め……あっ……あぁっ……」

あまりに激しい動きに腰が抜けそうになる。

「っ……駄目じゃないだろう？　嘘は駄目だ、伊織……っ……」

「んっ……あああっ……」

躰がどこかへ行ってしまうような浮遊感を覚えた途端、一気に急降下するような感覚が襲ってきた。意識が一瞬、真っ白になる。

「あぁぁぁぁっ……」

伊織の劣情が勢いよく爆ぜた。白濁した蜜がロランの下腹部にも飛び散る。だが、伊織が達ってもロランの動きは止まらなかった。彼が蜜襞に擦りつけるように己を大きくグラインドさせる。

今達ったばかりで、全身が快感で震えているところに、さらに新しい喜悦を与えられ、伊織の白い喉が仰け反った。

「あっ……ああっ……や……ふ……あぁぁっ……」

もう苦しくて息もできないのに、ロランは容赦なく伊織の深いところを穿ってくる。

「あっ……んっ……」

何度も何度も躰がふわりと浮くような感覚に襲われ、そしてそのたびに落ちる速度に拍車がかかる。快感に意識を手放しそうになりながらも、自分の中にあるロランをきつく締めつけてしまった。

「くっ……」

男の艶のある呻きが頭上でする。すぐに躰の最奥に生あたたかい圧迫感が生まれるのを感じた。ロランが中で吐精したのだ。瞬間、下腹部がびっしょりと濡れるような感じたこともない感覚が広がる。

あ——。

初めてセックスをしてしまったことを、伊織は改めて感じた。

己の熱を伊織に吐き出したロランが、ゆっくりと伊織の上に覆い被さってくる。きつい体勢であったが、そんなことはまったく気にならなかった。なんとも言えない幸福感が胸に満ち溢れた。

「伊織……」

彼の甘く低い声が吐息と共に、伊織の唇に触れてくる。

「大丈夫か？　初めてなのに無理をさせてしまったな」

胸がいっぱいで返事ができない。代わりに首を横に振って、無理はしていないとロランに伝えた。

「やっぱり私とお前の躰は相性がよさそうだ。お互い、他の相手を見つけなくとも、こうやって性欲の解消ができるな」

っ——。

伊織の胸に小さくも深く棘が刺さった。

性欲の解消——。

わかっている。伊織は、ロランと秘密を共有できる最高のパートナーだということだ。

「伊織、いいか。お前も性欲を満たしたい時は、私に言え。お前が尻軽だとか、そんな噂が立ったら困るからな」

「……あなたこそ、よそでいろいろと噂を立てられそうですよ」

ようやく言葉を発することができた。心を整えるのに時間がいる。

伊織がなんでもないように答えると、ロランは自信いっぱいの笑みを浮かべた。

「へましないさ。それにお前が私の相手をしてくれれば、問題ないだろう？」

「っ……」

「お前は私の素行を正す、『美しき調教師』とまで言われているんだ。ついでに私の性欲も調教してくれ」

「な……何を言ってるんですか！　大体、その名前もあなたが校則を破ってばかりいるから、私が注意をしていただけなのに、そんなふうに言われるようになってしまって、心外なんですから」

「それは悪かったな。私はお前にちょうどいい異名だと思っていたがな」

「酷い言いようです」

むっとして言うと、ロランが楽しそうに笑った。セックスをしても彼との関係が微妙なものにならなかったことに伊織は心の中で安堵する。

肌を重ね合っても私たちの仲がぎくしゃくすることはない——。

今までのつき合いに、セックスが加わっただけだ。何も深い意味はない。心をフラットに。そうすれば傷つくこともない——。

伊織は自分に言い聞かせた。

そして一年――。

三学年生で初めてロランに抱かれてから、伊織はずっとロランにだけ肌を許している。遠回しに他の生徒から誘われることもあったが、相手にしたことはなかった。ロランだけだ。

自分の主、ロランにだけ、伊織はすべて明け渡せるのだ。それが伊織の愛だった。

三学年生までは二人とも同じ部屋ではあったが、四人部屋だったので、部屋で抱き合うことはできず、他人に見られない場所をロランが探してきては、そこで肌を重ねていた。

だが、今年度、二人とも個室を貰うということは、その回数も増えることを意味するのだろう。彼、ロランが個室を貰ういくつかの目的の一つだと伊織は察している。

ロランはアルファであるためか、かなり性欲も強い。またそのバースだけでなく容姿も極上で、多くの人間を惹(ひ)きつけていた。一夜限りの相手などごまんといるはずだが、落胤(らくいん)騒ぎだけは起こしたくないようで、伊織しか相手にしていない。その辺りは慎重になっていた。

二人は子供の頃からのつき合いで、気心も知れているし、未覚醒の伊織の場合、妊娠の心配もない。将来の側近候補であるから、失態も他言もしないだろうと思っているに違いなかった。

辛い——、でも嬉しい。

自分を相手にしてくれるのなら、それでもかまわないと思う自分が八割。残り二割は悲しみに打ちひしがれ、いつ自分がその重みに圧し潰されてしまうのか、伊織でさえわからなかった。

＊＊＊

ポチャリと水滴が浴槽に落ちる音で、伊織は浅い眠りから目を覚ました。

サロンから戻った後、ロランと短いが濃いセックスをして、今、彼の個室にある風呂に二人で入っていた。

あまりの気持ちよさに、どうやら伊織はロランの膝に乗せられたまま、うとうと眠っていたようだ。目を覚ますと、ロランが優しく双眸を細め、伊織の顔を見つめていた。恥ずかしくていたたまれない。

「すみません……いつの間にか寝てしまいました」

「いいさ、基本、伊織のほうが負担は大きいからな。しっかり休んでおけ」

後ろからぎゅっと抱き締められた。背中越しにロランの張りのある筋肉を感じ、治まったはずの淫らな熱が躰の片隅に灯ってしまう。

この浴室は、ロランが個室を貰った途端、特別に造らせたものだ。

資産家の子息が多いこともあって、個室を貰うと、校則に反しない限りで改装する生徒も少なくない。

お陰で伊織も情事の後に、こうやって時間を気にせずに躰を清めることができた。以前だったら、ロランに廊下で見張ってもらいながら、共用のシャワールームでこそこそと躰を洗ったものだ。

だが一方で、人に見られることがなくなったので、ロランが大っぴらに伊織の躰にキスマークを残すようになってしまった。いくら注意してもやめようとしない。そのため伊織はロランと性行為をした後は、服を脱ぐ時に人目を気にしなければならなくなった。頭の痛い問題だ。

「明日から御井所のフェンシングの特訓を始めるが、その間は私のファグ、トルベールをお前に預けておく。いろいろ指導をしておいてくれ」

「トルベールを？」

顔だけロランのほうに向け、声を発した。

「ああ、ガタイはいいが、まだ子供だ。躾(しつ)け甲斐(がい)があるぞ」

「……わかりました。あと、ロラン、御井所をあまり苛めないでくださいよ。あなた、彼に冷たいところがあるから」

「ふん、そうやってお前が御井所の心配をするから、私の機嫌が悪くなるんだろうが。お前は私の学友であり将来の側近候補だ。他の男の心配などするな」

ロランの言葉に思わず目を眇めてしまう。とても学生の模範とされる監督生の言葉には思えない。

「……あなた、我儘が過ぎます」

「それが私だ。お前が一番知っているだろう？」

そんなことを堂々と言うロランに呆れた。

「さあ、そろそろ夕食の時間だ。急いで上がろう」

そう言いつつも、ロランは膝に乗せた伊織を放そうとはしなかった。代わりに力強く抱き締め、そのうなじに顔を埋めてきた。

「くそ、お前が足りないな。この週末は私のために時間を空けておけよ」

うなじに彼の熱い吐息がかかり、下半身がまた反応しそうになったのを、伊織は必死で堪える。そして声だけは冷静を装って、ロランに返答した。

「週末は町に出て、買い物に行く予定ですよ」

胸がどきどきしているのに、なんでもないようなふりをする。

「そんなのはさっさと済ませればいい」

「あなたのシャツを作りに行くのに……」

「シャツなんて適当でいいさ」

ロランの答えに、伊織は先ほどの情事を思い出しそうになる自分を戒めながら、必要以上に冷たい声でロランに接した。

「駄目です。念のため採寸もしていただかないと、万が一サイズが合わなかったら、また作り直さないといけないんですから」

「まったく、面倒だな」

「あなたはファルテイン公国の公太子なのですから、身なりはきちんとしていただきます。みっともない恰好をあなたにさせたと、国の誰かに知られたら、私が怒られますから」

「仕方ないな。伊織が怒られるのは可哀想だからな。シャツの採寸はする。ついでにお前のシャツも作ろう。だが後は私に従えよ」

伊織の鼓動が一つ大きくドキンと鳴った。どんなに彼を遠ざけようと思っても、簡単に引き戻されてしまう。伊織の心をこんなに簡単に乱すロランを恨むしかない。

「伊織?」

「……わかりました」

本心は嬉しくて仕方がないのに、渋々といった様子で答えるのは、せめてもの抵抗だ。

「ふん、約束したぞ。さあ、本当にこれ以上風呂に入っていたら夕食に遅れる」

ロランは伊織を膝から下ろすと、そのまま立ち上がった。

「先にいらっしゃってください。私はもう少しここで体力を回復させてから行きます」

するとロランの動きが止まる。どうしたんだろうと彼の顔を見上げると、少しだけ難しそうな表情をしていた。

「ロラン？」

「……今日は、お前はここで休んでいろ。後でトルベールに夜の礼拝に間に合うよう食事を運ばせる」

「トルベールに？」

「ああ、ついでに今後のことを打ち合わせしておけ。お前のファグ同然になるんだからな」

「わかりました。ありがとうございます」

礼を言うと、ロランが顔を背けた。照れくさいのだろう。ロランは昔から伊織に礼を言われるのに慣れていない。

伊織がファグだった三年前だってそうだ。

伊織がまだ要領の悪い新入生の時、監督生から無理を言われると、ロランがさりげなく手助けをしてくれた。

今でもよく覚えているのは、上級生に頼まれた、すぐに売り切れてしまうロンドンでも大人気のクッキーを伊織が買えずにいると、ロランがわざわざ遠くの店まで一緒に走って買いに行ってくれたことだ。そして夕食の時間にどうにか間に合って、二人でへとへとになった。

あの時も感謝してもロランは知らん顔だった。大したことないとばかりに、伊織に恩を売ることもせず、伊織の隣で夕食を豪快に食べていた。

我儘で強引なところもあるが、普段、さりげなく見せるロランの優しさに伊織はどんどん惹かれていく。だがその想いはいつの間にか恋情へと変わっていった。

気をつけなければ……。

ロランの足を引っ張る存在だけにはなってはいけない。特にオメガには絶対なってはいけない。彼を惑わす元凶になる——。

伊織は未だ覚醒していないバースに、少しだけ不安を覚えながら、自分に言い聞かせた。アルファじゃなくてもいい。ベータでもロランの傍にいて有益な人間になりたい。

「——り。伊織」

「あ……」

何度か名前を呼ばれていたようだ。慌てて顔を上げると、すでにロランはバスタオルを腰に巻き、バスルームのドアに手をかけていた。

「すみません、少しぼうっとしていて……」

言い訳を口にすると、ロランの眉間に皺が寄った。

「あまり長風呂は駄目だぞ。風邪をひいたら元も子もない。疲れたなら、ベッドで寝ていろ。そんなことでは私もお前にあまり無理が言えなくなる。養生しておけ」

「大丈夫です。トルベールの、一時的であれファグ・マスターになるので、いろいろ考えていただけですから。躰はすぐに回復します。でも躰の心配をしていただけるのなら、もう少し、あなたが控えてくだされればいいのでは?」

「フッ、それができたらいいがな。できないから、お前が体力をつけるしかないんだろう?」

「っ……」

伊織が声を詰まらせると、ロランは楽しそうに笑みを浮かべ、そのままバスルームから出ていく。そして、彼が出ていった扉を、伊織はずっと見つめていた。


約二週間後。新入生親睦会のフェンシングの試合では、見事、ベリオール寮が優勝することになる。

◆ Ⅱ ◆

新入生親睦会のフェンシングの試合が終わった後、ベリオール寮のサロンでは懇親会が催され、寮生が集まり、今回の優勝者、御井所夏希を囲んで大騒ぎをしていた。

御井所以外の新入生のファグは、御井所が手にした三本の白い薔薇と月桂樹の冠をドライフラワーにするため、バタバタと準備をしている。

十五の寮で競われるフェンシング大会は、トーナメント戦になっており、全勝すれば三本白い薔薇を手にすることができた。そしてそれにプラスして、優勝者にだけ月桂樹の王冠がその年のギネヴィア姫から贈られることになっている。

ベリオール寮はそのすべてを手に入れ、さらにポイントも加算されて、今年度のＭＶＰを他寮と競い合うには、幸先のよいスタートを切った。

「さすがはキング、御井所由葵さんの弟だな。ダントツに君が強かった」

「いえ、アドリオンさんのご指導の賜物です」

御井所が上級生に褒められて模範解答を口にして笑う。ロランはそんな御井所の隣で笑みを浮かべていた。だが、内心はずっと伊織のことを心配していた。御井所の優勝は嬉しいが、本来なら御井所の優勝を一番に喜ぶはずの、彼のファグ・マスターでもある伊織が欠席しているのだ。

実は、伊織の体調が少し悪い。

伊織は親睦会の試合観戦には顔を出して御井所を応援していたが、具合が悪そうだったので、ロランは伊織にそのまま部屋で休んで懇親会も欠席するよう告げた。

二週間前も情事の後、伊織はいつもより疲れた様子だった。あの日、トルベールに食事を運ばせたのもそのためだ。

実はバース覚醒の前に、体調を崩す者が多い。もしかしたら伊織の覚醒が近いのかもしれないとロランは踏んでいた。

伊織に言ったことはないが、ロランは彼のバースについて、かなり神経質になっている。ベータなら何も問題ない。伊織ほど優秀な人物なら、アルファと遜色(そんしょく)ないので、周囲の反対もあまりないだろう。ロランのアルファの力で彼を縛りつけることも可能だ。

だが、彼がアルファに覚醒するとまずかった。アルファになったが最後、伊織は周囲から子供を望まれ、ロランではなく、他の誰かと結婚させられ、子供をつくる可能性がある。伊織が他人のものになるのだ。

それは絶対に許さない。

これを阻止するには、自分自身がもっと力を持つ公太子にならないといけない。伊織を誰にも渡したくないのなら、それくらいの努力は厭わないつもりでいた。

そして……。

希少種のバース、オメガ——。

なんと甘美な響きだろう。

もし伊織がオメガに覚醒したら、すぐに自分のものにしてしまいたかった。たとえ、彼に他のつがいが現れても、譲る気はさらさらない。相手を抹殺してもいいとさえ思っていた。自分から伊織を奪おうとするだけでも大罪だ。相手を極刑に処する充分な理由である。

目を閉じる。目の奥に焔が灯るのがわかる。青白い閃光だ。

誰にも私の伊織を奪わせない——。

子供の頃から伊織だけにしか執着できなかった。この学校に入っても、伊織には単独行動を控えるように命じ、常に自分の傍から離さなかった。

ロランは己の中に鋭く冷たい感情が生まれるのを気づかずにはいられなかった。伊織に関しては冷静でいられない自分がいる。

「さあ、今夜はハウスマスターが我々のために夕食会を開いてくださるそうだ。個人指導などがある者は、早めに開始して、夕食会に遅れないように」

寮長の声に、皆が思い思いに立ち上がる。ロランも同じようにサロンから立ち去ろうとした。するとトルベールがロランに近づいてくるのに気づいた。

「どうした？」

トルベールが一礼してロランの耳元に顔を寄せ、小声で報告をしてきた。

「マスター、サレンダーさんの後を追いましたら、シエルさんの部屋に入ろうとされていたので、ご命令通り、入室をお断りしました」

ロランの片眉がぴくりと反応する。

「フン、サレンダーめ。予想を裏切らない男だな」

レイク・サレンダー。同じ四学年生で伊織に気がある生徒だ。皆が優勝祝いでサロンに集まっている隙に伊織に会おうとでも思ったのだろう。浅はかな男だ。そんなことはすでに予測しており、サレンダーが途中でサロンを抜け出した時に、トルベールに後をつけるように言いつけておいたのだ。

「君はサレンダーに暴力的なことはされなかったか？」

「はい。私がマスターのファグだということをご存じなので、手を上げたりはされませんでした。悔しそうではありましたが、素直にお戻りになりました」

「ふん、あの男、そこは賢明だったんだな。私に内緒で伊織に接触を図ろうとしたことは愚かだが。君もよくやった。礼を言う。私の部屋に国から送ってきたマドレーヌがある。今から渡そう。部屋まで来たまえ。同室の仲間と一緒に食べるといい」

「ありがとうございます」

トルベールはいつも役に立ってくれるので、その礼に、祖国から人気のマドレーヌを取り寄せておいたのだ。

ロランはそのままサロンから出ると、大階段で一つ上の三階へと向かった。そして自分の部屋にたどり着くと、トルベールを廊下で待たせ、中からマドレーヌを取ってきて、彼に渡した。途端、トルベールが満面の笑みを浮かべる。それでまだ彼が十三歳の少年であることを思い出した。あまりにしっかりしているので、ファグであるのに、時々年齢を失念してしまうのだ。

トルベールは伊織のファグの御井所と並んで、将来このベリオール寮の寮長の有力候補の一人になれる才覚がある。ぜひともこの一年でその能力を引き出してやりたいと、ロランも思っていた。

「ではまた食堂で」

「はい。マドレーヌをありがとうございました」

トルベールはもう一度礼を言って、去っていった。ロランはその後ろ姿を見送ると、同じ階にある伊織の部屋へと向かおうと、踵(きびす)を返した。すると、廊下の向こうから伊織のファグ、御井所がやってくるのが見えた。彼の部屋は二階だから、ここにいるということは、伊織の部屋へ行っていたことを意味する。

ロランは自分の瞳の奥がじわりと熱を持ったのを感じた。胸がちりちりと焼けるような感覚もする。この感情は嫉妬だ。下級生にまで嫉妬するとは、我ながら呆れる。

御井所がこちらに気づいたようだった。一礼する。だがロランは彼を黙って通す気持ちにはなれなかった。彼の行く手を阻む。

「御井所、本日の主役のお前がこんな場所で、何をしている？」

引き留める理由が乏しいことを苦笑しながら、わかり切ったことを尋ねた。

「私のファグ・マスターのところへ行ってきました」

「伊織は具合が悪い。しばらくは呼ばれるまでは控えてもらいたい」

「はい。でもサロンの懇親会の様子を伝えてほしいと言われておりましたので、報告をしに行ってきました」

思わずロランは舌打ちをしそうになったが、どうにか寸前で止めた。だがその様子を見ていた御井所が、ふと口を開いた。

「アドリオンさんは私が嫌いなのですか？」

いきなりの直球に、ロランは改めて御井所の顔を見た。

「フェンシングを教えていただいた時は、大変親身になってくださったので、そんなはずはないと思ってはいますが、私のファグ・マスターであるシエルさんのことになると、時々憎まれているのではないかと思うことがあります」

さすがは将来の寮長候補の一人と言われるだけはある。普通なら上級生に向かって聞きにくいことを、こうも堂々と尋ねてくることに、ロランは小さな手応えを感じた。

なるほど、彼は使えるな……。

ロランは口端をわずかに上げた。

「いい読みだ。君と少し話をしたいんだが、部屋に来ないか?」

「部屋に、ですか?」

彼が一瞬、不安そうな顔をした。それもそうだろう。憎まれているかもしれない上級生の部屋に一人で入るのは、相当な勇気がいるはずだ。

「大丈夫だ。君を傷つけたりはしないよ」

そう言葉を足してやると、彼が控えめに頷く。ロランは彼の気が変わらないうちにと、自分の部屋の前へと戻り、そのドアを開けた。

「入りたまえ」

声をかけると、彼が躊躇いながらも部屋へと入ってくる。

「失礼いたします」

個室はかなり広い。御井所のいる一学年生の六人部屋の二倍以上はあるだろう。ロランは御井所にかまわず、窓際にあるカウチへと座った。自然と御井所がロランの前に立つ。

凜々(りり)しい顔つきだ。まだ子供っぽさが残っているが、もう少し歳(とし)を重ねれば、かなりの男前になることが、見ているだけでもわかる。

ロランは御井所を値踏みし、そして改めて口を開いた。

「君、私のネズミにならないか？」

「ネズミ？　ネズミとはなんですか？」

「私の子飼いのスパイだ」

「スパイ？　どうしてそんなものに？」

「理由を聞くなら、君は私のネズミになることを拒めなくなるが、それでもいいなら、理由を話そう」

そう言ってやると、さすがに御井所もやや怯んだ。だがすぐに何か決意をしたような表情をし、ロランを見上げてきた。

「わかりました。アドリオンさんのネズミになります」

御井所のその答えを期待していたが、実際、彼が引き受けると聞いて、ロランはわずかに驚いた。どうやら御井所は度胸もかなりあるようだ。すると彼がその決心に至った理由を口にした。

「私のファグ・マスターの主でいらっしゃるアドリオンさんの役に立てることがあれば、ファグ・マスターも喜ばれると思いますので」

「なるほど、君はやはり聡いな」

褒めてやると、彼の頬が少しだけ赤くなった。まだ一学年生だ。可愛いところもある。

「あの、それでネズミとはなんですか？」

「先ほども言ったが、簡単に言えばスパイだ。このベリオール寮の内情を探るのが君の主な仕事だ。私が次期寮長を狙っているのは知っているか？」

「はい、最も有力な候補のお一人だと聞いています」

「ああ、『お一人』だ。私と決まったわけではない。今から水面下で他の候補生との熾烈な争いが始まる」

そう、優秀な成績を収めている者なら、誰もが寮長という特権を目指す。この特権を手に入れなければ、月に一度の学校の重要事項を決める寮長会議に出席することも当然できない。そして、さらに寮長の頂点に立つ、キングにも手が届かなくなるのだ。

キング——。エドモンド校、生徒総代という地位であって、それ以上の権力を手に入れられる至高の存在。

卒業後も、政財界や社交界でも顔が利くコネクションを得ることができる名誉ある役職だ。寮長も名誉ではあるが、その寮長を総括するキングは、やはり別格である。

エリートの筆頭と言われる監督生も寮長も、実はキングになるための通過点に他ならない。

「いわゆる情報が命になる頭脳戦だ。この戦いを制さなければ、どんなに優秀でも寮長にはなれない。そこで君は寮生の誰が、どの監督生が寮長に相応しいと思っているのか、寮長になる男に、皆が何を求めているのかを探ってほしい」

「そんなこと、とても私にできるとは思えません……」

珍しく御井所が弱気を見せる。だが彼を手放す気はなかった。

「拒む権利がなくなると、前置きしたはずだが？」

「そんな……」

「これは将来、君のためにもなる。寮長の椅子取り合戦は、ベリオール寮をより深く知っている者が有利になるゲームだ。君も寮生それぞれの性格や思考のパターンなどを知るいい機会となるだろう。君が寮長になるのにも有益だと思うが？」

「トルベールにも、ですよね？」

「ああ、トルベールにも、だ。君にとっても競争相手がいるのはいい刺激になるはずだ。あと、寮長と副寮長のファグも、最終的には君の好敵手になるはずだ。どうかな？」

新入生で見込みのある者、または少し問題がある者が、寮長、副寮長のファグに選ばれる。だが、今期、ベリオール寮はなかなかの豊作で、優秀な新入生が多く入寮してきた。そのため次期寮長と呼び名の高いロランと、その次に成績が優秀な伊織のところにも、将来有望な新入生がファグとして入ってきたのだ。

もちろん、他の監督生のファグが、五学年生になるまでにめきめき頭角を現し、寮長になることもある。

「どうかな、と聞かれても私には拒否権がないのですよね？」

「ああ、ないな。これは私とお前だけの秘密になるのだからな」

「……トルベールもネズミなのですか？」

「ああ、だが、彼には伊織のボディーガードも兼任させている」

みっともない話だが、伊織の周囲にいる人間に嫉妬してしまう。伊織に気づかれないように、伊織に好意を寄せている人間はできるだけ排除し、ロランが安全と認めた人間しか伊織には近づかせなかった。

「トルベールの負担を減らす意味でも、君の協力を得たい。褒美に私の他寮に潜ませているネズミもお前に教えてやろう。後々君の助けにもなるだろうしな」

とっておきの秘密を教えてやると、案の定、御井所が驚いた表情を見せた。

「他の寮にもネズミがいるんですか？」

「いるさ。寮対抗で多くの年中行事があるだろう？　ベリオール寮に少しでもポイントが多く入るよう、他寮の情報は欠かせない。それにキングになるには、他の寮長の動向を知るのも必要だからな。君も知っているだろう？　キングは各寮の寮長による投票によって決まる。彼らの心を摑むのも必要なことなのさ」

こうやってネズミを放って他寮の情報を得ているのはロランだけではない。多くの監督生が優等生の顔をして、裏で画策しているのだ。

「キング選定は、まだ一年ほど先ではないですか？」

「もう一年しかない、だ。キングになれるのは一生に一度だ。どの監督生もすでになんらかの行動を起こしているだろう。もう戦いは始まっているよ」

「わかりました。拒否権もないとなれば、私は少しでもアドリオンさんのお役に立つよう努力するしかないのですね」

「ああ、君のファグ・マスターの伊織も喜ぶぞ」

そうつけ足すと、彼が少しだけ嫌な顔をした。そして言いにくそうに口を開いた。

「あの、アドリオンさんは、私のことを嫌っているのではないのですか？」

先ほど廊下で尋ねてきたことだ。そういえば、それに答えていなかったことを思い出す。

ロランは不敵な笑みを浮かべ、御井所を見つめた。

「正直に言おう。君が忌々しいさ。ただファグというだけで伊織の傍に理由なくいられるのだからな。そんな特権、どうして羨ましくないと言える？」

途端、御井所の目が大きく見開かれた。傷ついたというよりは驚いたという表情だ。

「……以前からそうではないかと思ってはいたのですが……、アドリオンさんはシエルさんのことが好きなんですね」

改めて言われると、少しむず痒（がゆ）い思いがするが、ロランははっきりと肯定した。

「そうだ。だが、それをはっきり伝えているのは、トルベールと、君だけだ。まあ、寮長は言わなくとも察しているとは思うがな」

あの金の太子と呼ばれる寮長が気づかないはずはない。そしてこの御井所を伊織のファグにしたのも、何か意味があるに違いないと思っていた。

ファグは基本、寮長、副寮長を含む監督生たちの同意の下、決める。だが、時々、寮長が強制的に割り振ることもあった。今回はまさにそれだった。

「わかりました。このことは私の胸に秘めておきます」

「賢明な判断だ。それにしても君には私の気持ちが簡単にわかるというのに、あいつ……伊織には、わからないらしい」

「アドリオンさん……」

声が思った以上に沈んでいたようだ。かえって御井所に心配をさせてしまったようで、ロランも失笑するしかない。

「まあ、私と伊織の間には主従関係があるからな。それが伝わりにくい原因を作っている。だからこそ君と伊織の間にしがらみがないことに、軽く嫉妬するよ」

だが伊織と主従関係があるからこそ、彼を正当な理由で自分に縛りつけていられる、というのも、皮肉なことに事実だ。

「差し出がましいかもしれませんが、気持ちをきちんとお伝えしたらどうですか?」

「……そうだな」

ロランは天井を見上げた。そう答えるも、怯える心を晒して伊織に告白する勇気はなかった。彼に断られたら、たぶん立ち直れない。そして理性を失った自分は、きっと伊織を監禁し、彼に酷いことをしてしまうだろう。

恋は人を狂わせる。まさにその通りだ。

「ファグ・マスターはアドリオンさんに特別な感情をお持ちだと思います」

「主だからな」

視線を御井所に戻して、少し自虐的な笑みを零した。

「……命令しなかったら、伊織が従ってくれないかもしれないという恐怖に苛まれる私の気持ちを、君は想像できるか？」

いつも心の片隅で燻っている苦しみだ。伊織が自分にしてくれることすべてが、主だからだという理由だったら……。そこに責務という理由しか存在しなかったら——。

伊織の優しさまで疑ってしまうほど、心が弱っているのを認めざるを得ない。

ロランはもう一度、天井を見上げた。

＊＊＊

雪がちらつく十二月に入ると、各寮のサロンにはアドベントリースが飾られる。聖夜の四週間前から窓辺に四本のキャンドルを置いて、毎週一本ずつ火をつけるのが習慣になっているのだ。

夏の夜九時を過ぎても沈まなかった太陽は、今や夕方の四時には真っ暗になるが、街はクリスマスイルミネーションで華やかに飾られ、冬には冬の楽しみ方が増える。

エドモンド校もすっかり冬の景色に包まれていた。どんよりとした灰色の空を見上げると、雪を被ったモミの木が連なっているのが目に入る。その木々はまさにクリスマスツリーそのもので、雪を纏い、美しい真っ白な風景を作り出していた。時々、キツネがそのモミの木の森を出歩いているようで、足跡がいくつも残っているのも、冬の風物詩の一つである。

各寮の小さな庭も街と同じようにクリスマスイルミネーションで彩られ、いよいよクリスマス休暇も間近に迫っていた。寮生は皆、今学期で初めての帰省を控えて浮足立っていると言っても過言ではない。

秋冬学期、日本でいう一学期もクリスマス前で終わりを告げる。早いもので、伊織も四学年生になって三か月が経っていた。

寒さが厳しい朝の礼拝を終え、いつも通り、ロランと二人で一限目の教室へ向かう。二人といっても、二人のファグの他に、ロランの取り巻きも一緒に廊下を歩いているので、十人ほどの人数になっていた。

ロランはベリオール寮の次期寮長候補であり、ファルテイン公国の次期大公という立場でもあるので、エドモンド校でもかなりの大きな派閥のトップだった。

「伊織、ハウスマスターの誕生日プレゼントを今日、授業が終わったら買いに行くぞ」

「はい。一応、ハウスマスターが喜ばれそうな品物を調べておきました」

ベリオール寮のハウスマスターはクリスマス休暇中に誕生日を迎えることもあり、ロランと伊織は毎年、欠かさずプレゼントを贈っていた。

「そういえば、ロラン、サレンダーが先週から自宅に戻ったまま帰ってきていないようですが、あなた、何か聞いていますか？」

「先週から？」

ロランがエメラルド色の瞳をこちらに向ける。普段、サレンダーにあまりいい感情を持っていないロランにしては、彼を心配している様子で、伊織も少しだけ驚いた。

「ええ、御井所のフェンシング優勝祝いでハウスマスターが寮生全員をディナーに招待してくださった日を最後に、サレンダーが実家に戻ったまま、学校に顔を出していないとのことです」

「さあ、知らないな。大方、家で何かあったんじゃないか？　問題があるようだったら、寮長のところに連絡があるだろう？」

確かにそうだ。だが、その寮長が、今朝(けさ)の礼拝の前に、独り言のように伊織にサレンダーのことを尋ねてきたのだ。

どうして伊織にそんなことを呟(つぶや)いたのかわからないが、もしかしたらロランなら知っているのでは、という意味で伊織に聞いてきたのかもしれない。そう思ってロランに尋ねたのだが、彼も知らなかったようで空振りとなった。

だが寮長にも連絡がないとなると、無断欠席の可能性もある。伊織からサレンダーに連絡を入れたほうがいいかもしれない。彼のちょっと粘着質な視線は嫌いだが、監督生となった今、好き嫌いで責任を放棄することもできない。どうしたものかと考えあぐねていると、ロランが言葉を続けた。

「私が後でサレンダーに確認しておこう」

「え？　あなたが？」

「なんだ？　何か不服か？」

「いえ、あなた、少し前までは、あまりサレンダーと話をしたくなさそうだったので……」

「私も監督生になったんだ。私情は挟まず、面倒は見るさ。だからお前はサレンダーについては何もしなくていい」

「わかりました」

ロランが引き受けてくれることでホッとした。同時に、寮長も実はロランの采配を見るために、わざと伊織に言ったのかもしれないと、思い直した。次期寮長を誰にするのか、すでに寮長は考えているに違いない。寮長の言葉一つ一つにロランが試されている気がした。

ロランには寮内にライバルが二人いる。伊織もロランが寮長になるためなら、努力を惜しまないつもりだった。そのためにもいろいろとサポートしていきたい。

体調も一時的かもしれないが、今は以前よりはいい感じがした。これならロランを支えていけるだろう。

「何か手伝えることがあったら言ってください」

「ああ、わかっている。とりあえずは今日のハウスマスターのプレゼント選び、お前の情報収集の成果を期待しているからな」

ロランがそう伊織に話した時だった。突然、取り巻きの一人が、小声で二人の背後から声をかけてきた。

「ロラン様、伊織様、キングがいらっしゃいます」

伊織はロランと共に、そのまま視線を正面へと戻す。前からキング、御井所由葵のグループがこちらへ向かって歩いてくるのが見えた。

御井所由葵。マンスフィール寮の寮長であり、学校創立以来、初めてのオメガのキングだ。『花のアフロディーテ』とも呼ばれ、その呼び名の通り美しい青年ではあるが、優しげな風貌の下には、キングの座を勝ち取るほどの智略に優れた別の顔を隠し持っている。

そして何よりも、伊織の寮の寮長、『金の太子』、アシュレイ・G・アークランドを、この学校で唯一従えることができる青年でもあった。

キング選定会での、オメガであることを告白した彼の演説は見事なもので、エドモンド校の歴史に残るのではないかと言われるほどであり、生徒からは一目も二目も置かれるキングだった。

麗しのキングの姿を一目見ようと、教室から生徒たちが廊下へと出て、その両脇へ並ぶ。

「おはようございます、キング」

「おはよう」

「キング、今朝も寒いですね」

「君も風邪をひかないように」

様々な声がキングにかけられる。ロランと伊織も廊下の隅へ躰を寄せ、キングに道を譲った。

「おはようございます。キング」

「おはよう、アドリオン」

キングに名前を覚えられているということで、ロランがいかに校内で力を持ち始めているかがわかる。伊織も黙って軽く会釈をすると、キングがふと足を止めた。

「すまない。少し私的な話をさせてもらう」

キングがそう断りを入れると、伊織の背後に立っていたファグ、御井所に声をかけた。

「夏希、週末は少し僕に時間をくれないか？」

「わかりました、兄さん」

人の目もあるせいか、言葉少なに会話を交わすと、キングが伊織のほうに視線を向けた。

「弟のファグ・マスターをしてくださっているシエルですね？　弟をよろしくお願いします」

「あ、はい。御井所はしっかり私をサポートしてくれ、助かっております」

その声にキングが嬉しそうにふわりと笑った。辺りの人間が息を呑むのが伝わってくる。さすがは『花のアフロディーテ』と呼ばれるだけはある。その表情一つに、大勢の生徒の心が動かされるほどの力が溢れていた。

「……兄さん、私のファグ・マスターに圧力をかけるのは、やめてくれませんか」

弟のクレームに、キングは悪戯（いたずら）っぽく笑って謝罪した。

「ああ、すまない。そんなつもりはなかったんだよ。シエル、弟を厳しくしごいてください。では、夏希、また週末に」

キングは踵を返すと、そのまま大勢の取り巻きを従えながら、伊織たちから離れていった。辺りから溜息が漏れる。

「緊張したけど、キングを間近で見られて、ラッキーだな」

どこからともなくそんな声が聞こえてきて、皆が各々キングを褒め称えた。

「伊織」

ふと傍らに立つロランに呼ばれ、彼を見上げた。彼と視線が合う。すると誰にも聞こえないくらいの小さな声でロランが話しかけてきた。

「私は、寮長はもちろん、必ずキングになってみせる。そしてお前をクイーンに指名する予定だ。覚悟をしておけ」

「ロラン……」

改めて彼の隣に立つことを当たり前のように言われ、嬉しさが込み上げてくる。クイーンになるための心の準備はまだないが、ロランがキングになるというのなら、伊織も彼を傍で支えたい。それがクイーンという立場なら、それに相応しくなれるよう努力するまでだ。

これからもずっと、ロランを支えていきたい――。

「行くぞ、授業に遅れる。君たちも見送りはここまででいい。それぞれ授業に行きなさい。遅刻は厳禁だ」

ロランの声に、ファグと取り巻きたちは一礼して、それぞれ自分の授業へと戻っていく。その背中を見送り、ロランは伊織だけを連れて教室へと向かった。

道を空ける下級生の視線は、黄金の獅子と美しき調教師と呼ばれる二人の姿を追う。ロランと伊織もまた、エドモンド校の有名人なのだ。

伊織は廊下から見える外の景色に目を遣った。空は灰色の雲で覆われているが、ところどころ青い空が薄っすらと見え始め、雪の朝の風景を明るくし始めていた。

イチョウ並木の枝にはびっしりと雪が積もり、小道には誰かが自転車にでも乗ったのだろう、細い轍（わだち）が残っている。

この学校のそこかしこで目にする景色は、どの季節も美しく、伊織の心に訴えかけてきた。この学校に来て四年目を迎えるが、まだまだ目にしていない風景がたくさんあることを知る。

ロランと一緒にいる、この時間、この景色を心に刻みたい――。

まだロランが誰のものでもなく、こうやっていつも一緒にいられる今が、とてつもなく幸せであることを実感する。

時が流れている限り、ずっと同じでいることはできない。それでもこの世界は優しさでできていると信じたい。別れが来るかもしれない未来を想像したくなかった。

「伊織、何をしている？　早く行くぞ」

つい景色に見入ってしまい、足を止めていると、ロランに名前を呼ばれる。その声さえ、伊織の大切な宝物だった。

恋は切ない。だがそれ以上のものを与えてくれる。世界が美しいのも、それが切なく、永遠のものではないからだ。瞬くような美しさが恋に似ていて、縋りたくなる。

伊織はそのままロランの後を追った。

いよいよエドモンド校は、クリスマス休暇を迎える――。

◆ Ⅲ ◆

ロランと伊織の故郷、ファルテイン公国は、ちょうどヨーロッパの中央にあたる場所にある、山間の小さな国だ。

また、海がなく三つの国と国境を接しているのもあって、緑豊かな大自然に囲まれていた。

古代ローマ時代から交易の要となっており、今も昔も流通が盛んである。海外の企業に対して、有利な税金制度を設けていることもあり、海外の大企業が何社も、欧州の拠点をこの国に置いていることでも有名だった。

観光収入だけでは成り立たなかった国政を、画期的な税制で立て直したのは、ロランの父、現大公である。そのため公太子には、その大公の才覚を受け継いだ者を定めるとしていたので、アルファへの覚醒が必須条件であった。

ロランの他にもアルファに覚醒した公太子候補が三人いたが、最終的に公太子の座を得たのは長子のロランだった。

今も他の公太子候補との確執がまだわずかだが残っている。そのため、ロランにとっても帰郷は気が抜けるものではなかった。それは伊織にとっても同じである。ロランを守り立てる陣営の一人として伊織は脇を固めていた。

クリスマスも三日後に迫り、ロランは伊織を伴って大公の宮殿へと帰ってきていた。エントランスロビーには大きなクリスマスツリーが飾られ、宮殿を訪れる人々の目を楽しませている。

ロランもクリスマス休暇は毎年、家族で過ごすことが決められていた。普段学業を優先とし、ほとんどの公務を免除されている身なので、この時ばかりは公太子としての役目を負わされるのである。

今日もテレビ局の取材が入り、『今をときめく世界の王子』という番組にロランは引っ張り出されている。

伊織はロランの片腕として一緒に現場へ来て、取材を見学するように言われていた。

ロランの公の顔は、何度見ても完璧だ。学校で伊織にだけ見せる我儘は鳴りを潜め、立派な公太子としてインタビューを受けている。まさに比類なき『黄金の獅子』である。後ろで見学している伊織も鼻が高かった。

「ふう……」

それにしても、このスタジオはかなり暑い。エアコンが効きすぎている気がした。冬のロンドンに慣れたせいで、寒さに強くなったのだろうか。

伊織はカバンからミネラルウォーターを取り出すと、それを一口飲んだ。少しだけドクドクッと動悸がしたが、すぐに治まる。

なんだろう――？

帰省してから、また少しだけ躰が不調のような気がする。気がするというのは、はっきりどこが悪いというのがないからだ。そのため、病院に行きようもなかったので放っておいたが、あまり改善しているという感じはしなかった。

バースの覚醒じゃないといいけど……。

どことなく不安が過るが、覚醒前ではバース医療センターになかなか行きにくいものがある。

ロランがインタビューを終え、インタビュアーと挨拶を交わした。伊織が椅子から立ち上がり、ロランを迎えに行くと、彼の端整な顔が少し歪められた。

「ロラン？」

「……お前、体調が悪いのか？」

「え？」

自分でもそうなのかな？　と思う程度だったのに、ロランのほうが伊織のことをよく見ていたようだ。真剣な顔で手首を摑まれた。

「熱っぽいな」

彼の眉間に皺が寄る。公の場所なのに、彼が笑顔以外の表情を浮かべるのは珍しく、伊織のほうが動揺してしまった。

「え？　そういえば、少し暑いなって思っていましたが、空調のせいだとばかり……」

「まったく……、お前は自分のことには疎すぎるぞ」

「疎すぎるって……別に大したことはないし」

「駄目だな」

ロランはそう呟くと、ロランを見送ろうとこちらを向いて立っていたスタッフたちに振り返る。

「皆さん、お疲れ様でした。インタビューが放送されるのを楽しみにしております」

ロランの声に気心の知れたスタッフが笑顔で答えた。

「公太子殿下も、早々にご結婚をされ、世の女性を悲しませるようなことはされませんように。また来年も我々の番組にご出演願いますよ」

結婚――。

伊織の心がわずかに揺れる。

「はは、まだそんな予定はありませんし、しばらくは学業に専念するつもりです。では、これで失礼いたします」

ロランはロイヤルスマイルを零しながら、そのままSPを伴い部屋から出た。伊織も後に続く。ロランは気遣っているのか、その足はいつもより遅く、伊織はすぐに追いつく。

すると彼が小声で告げてきた。

「伊織、お前はもう実家に戻れ」

「え？」

まだロランの公務は終わっていない。クリスマスを挟んで予定がぎっしり詰まっているのは、ここに到着した際に見せられたスケジュール表で確認済みだ。

「私の調整不足だ。お前に無理をさせすぎた。このクリスマス休暇は充分休め。それが私のためにもなる。学校が始まったら、寮長になるために、またいろいろと画策しないとならないことが増えるからな。お前にも参謀の一人になってもらうつもりだ。今のうちに休養しておけ」

「でもロランは……、あなたは休養が取れるのですか？　あなたばかりに無理はさせられません」

「だからといって、お前も無理をする必要はない。それに私はお前と違って普段から鍛えているからな。これくらいなんともない。それに今、ここできちんと公太子の役目をしておかねば、せっかく固めてきた信用を落とすことになるだろう？」

ロランは公太子になった今も、役目を適当にこなしたりはしない。いつ誰に追い落とされるかわからない座を万全にするために、常に真面目に取り組んでいた。

「ですが……」

「心配するな。休みは適当に取るからいい」

そう言われると、何も言えない。ロランはきちんとオンオフが切り替えられるタイプで、上手にストレスとつき合っているのを、伊織も知っているからだ。

「それに父にちょうど言われたところだ。お前を実家に帰せと。どうやらお前の父親がうちの父にクレームを入れたようだな」

「クレームだなんて……」

「冗談だ。だが内心、お前の両親もお前に会いたいに違いない。もうすぐクリスマスだ。親孝行だと思って、実家に戻ってやれ」

ロランに言われれば、従うしかない。それに確かに帰省してから、少し体調が悪くなっていた。ここでしばらく休養を取ったほうがいいかもしれない。これからの一年間、ロランが寮長になるための情報戦に挑むには、いささか体力に不安があるのを否めない。

「わかりました。お言葉に甘えて、クリスマスまで実家に戻ります。また年末に戻ってきますが、何かありましたら連絡をください」

「ああ、わかった。年越しの花火は一緒に観よう。父がお前の分も一緒に、今年もいい席を用意してくれている」

「ありがとうございます」

毎年年越しは、ロランと花火を観ることになっているが、今年も共に過ごすことができるようで嬉しい。これからもずっと彼の近くで花火を観ていきたい。

たとえ彼の隣に妻がいても——。

しくりと伊織の胸が痛む。先ほどのスタッフの言葉にもあったが、ロランはいずれ結婚しなければならない。今から何度も彼の隣に妻がいる状況を想像しておかないと、この痛みに慣れることはできないだろう。だが、それが現実になったとしたら、本当に伊織の心は耐えることができるのか甚だ疑問だった。

早くなんでもないようにならなければ。ロランの傍にずっといるためには、そうならないといけない——。

伊織は落ち着いた様子を装って言葉を続ける。

「花火、楽しみにしています」

その声に、「ああ、私もだ」とロランは笑顔で答えた。

その日の夕方から、伊織は実家のシエル侯爵家へと戻った。

イギリスの大学に留学中の長男、裕樹（ひろき）とも久々に会い、家族で夕食を取った。夕食後は場所を変え、兄弟水入らずで会話が弾む。

「兄さんは大学どう？」

兄は去年、伊織と同じエドモンド校を卒業し、ケンブリッジ大学に入学していた。

「生活自体はエドモンド校にいた時とあまり変わらないかな。だけど教授が容赦ないんだ」

伊織と違って父の血を濃く受け継いだ裕樹は、名前こそ日本風ではあるが、容姿や体格は欧米人そのものだ。伊織と一緒にいても兄弟と言い当てられたことはあまりない。

「兄さんほどの人が容赦ないって言うなんて、相当厳しいんだね」

兄はシエル侯爵家の次期当主に相応しく文武両道で、伊織も兄には、なかなか敵（かな）わないのだ。

「伊織は、大学はどうするつもりだ？」

ドクドクッ……。

ふと、伊織の鼓動がおかしな動きをした。まただ……と不安に思いつつも、兄との会話を続ける。

「ロランは欧州から出て、アメリカで知識を得たいって言っていたから、たぶんアイビーリーグのどこかの大学を狙うと思うよ」

「公太子次第か……。お前も大変だな、辛いことはないのか？」

「ないかな……」

自分が畏れ多くもロランに恋心を抱いてしまったことに比べれば、どんなことでも辛いとは思えない。

「そうか。ならいい。エドモンド校で経験したことは将来大きくお前を成長させてくれるはずだ。頑張れよ」

「はい、兄さん」

「ほら、あなたたち、シシリーがあなたたちの大好きだったマドレーヌを焼いてくれたわよ」

母がトレイにマドレーヌを乗せてやってきた。その後ろには家政婦長のシシリーがいる。彼女は昔から侯爵家に仕えており、伊織たちにも馴染み(なじ)が深い使用人だ。

母は日本から嫁いできたのもあり、侯爵夫人らしからぬ気さくさでシシリーと仲良く過ごしており、こうやって時々二人でお菓子を作ってくれたりする。

「ありがとう、母さ……っ……」

ドドッ……。

伊織の鼓動が震えた。同時に躰の芯がカッと火がついたように熱くなった。

「伊織？　どうしたの？」

母が心配そうに寄ってくる。だが躰はますます熱くなり、一瞬頭の中が真っ白になった。

刹那、母の声が響いた。

「裕樹！　ここから出ていきなさい！」

母の異変に兄が驚いて椅子から立ち上がる。

「どうしたの、母さん。それに伊織は……この甘い香りは？」

「伊織がオメガに覚醒したのです。裕樹、あなたはアルファで、一緒にいると二人とも余計辛い思いをするの。あなたは早く出ていきなさい。それとお父様に連絡して、バース医療センターのお医者様を」

「わかった、母さん」

裕樹が慌てて出ていく足音が伊織の鼓膜に響く。すでに意識は朦朧（もうろう）として、自分が椅子に座っているのか、床に倒れているのかもわからなくなっていた。

「伊織、わたくしがいます。オメガのことはよくわかっているわ。だから心配しないで」

「かあ……さ、ん……」

身を食い尽くそうとするほどの快感に躰を震わせる。どうしていいかわからないでいると、母が伊織に何かを飲ませた。

「オメガ発情期用の睡眠剤よ」

オメガ――！

母の言葉に伊織の心が打ちのめされる。

「オメガの覚醒は、他のバースと違って、発情期に襲われるの……」

「オメガ……って……かあ……さん……私はオメガ……す……か……はっ……」

母の眉間が悲しげに寄せられる。母もまたオメガであり、そして伊織がオメガになりたくなかったことを知っていた一人だ。そのまま伊織の背中を優しく撫でてくれる。

「本当は抑制剤を飲ませてあげたいけど、処方がなければあなたに渡せないの。せめてこれで快感に囚(とら)われる前に、眠りなさい」

「か……あ……さ……ん……」

伊織の意識はゆっくりと途切れていった。


――っ。

気がつくと、伊織は自分の寝室で寝かされていた。どこか躰が重い。そう意識した途端、躰の芯にざわりとした異質な感触が生まれた。

「っ……」

息が漏れた途端、母の声が聞こえた。

「伊織、目が覚めたの？」

声のしたほうを見ると、母が心配そうに伊織の顔を覗き込んでいた。

「母さん……」

「気持ち悪かったりはしない？」

「ええ、少し頭がくらくらするけど、どうにか……」

「よかった……」

母は赤い目を細め、安堵の溜息をついた。

「先ほど、お医者様に抑制剤の点滴をしていただいたの。覚醒した時の症状は人によりけりだけど、あなたの症状はあまりよくなかったから……」

母が抑制剤を使ったことを申し訳なさそうに伝えてくる。それで伊織は自分の身に何が起きているのか、少しずつわかり始めた。

「母さん……私はオメガになったんですか？」

怖くて仕方ないことを、まず聞いた。いつまでもはっきりさせないのは、前にも進めない気がしたからだ。

「……ええ、オメガに覚醒したそうよ」

伊織の息が止まりそうになった。全身が一気に凍えるような感触に苛（さいな）まれる。

「ごめんなさい。あなたをオメガに産んでしまって……」

母の声が耳元で震えた。母も罪悪感を覚えているようだった。

「っ……母さんが悪いんじゃない。誰も悪くない。そういう運命だったんだ。それに……」

そう答える自分も、『オメガ』というものがとても悪いものだと捉えて話していることに気づいて、言葉を呑み込んだ。母もそれを感じたようで、さりげなく話題を変えてきた。

「伊織、バースが覚醒する前の体調不良みたいなものはあったの？」

「ええ……今、考えれば、ありました」

「……そう。でも考え方によっては、帰省している時でよかった。どこかでいきなり覚醒して、何かあったら大変だったから……」

その通りだ。ロランと一緒の時だったり、エドモンド校でいきなり覚醒したりしたら、いろいろと周囲に迷惑をかけるところだった。

「……伊織、とりあえずお父様を呼ぶわね。お医者様には一応、今夜は安静にするように言われているけど、オメガは病気ではないの。だから明日からは普通の生活に戻って、バース医療センターに定期的に通う形になるわ」

「……わかりました」

オメガのことは学校の授業で習っており、大体はわかっている。三か月に一回、つがいができるまで発情期を迎えるバースだ。そして唯一、相手が男女どちらであっても、孕む側になるバースでもあった。

孕む——。

妊娠するはずがないとばかりに、セックスフレンドのように接している伊織がオメガになったと聞けば、ロランはきっと遠ざけるだろう。

未来の大公の子供を、伊織が孕むことは絶対許されない。

ロランはアルファだ。そして、いつもセックスではコンドームを使わず中出しをされている。オメガになった伊織が、発情期に彼と性交すれば子供ができる可能性があった。

ロランの傍にいられない——。

あまりのショックに、自然と躰が震えてくる。

まだロランと離れたくないのに——。

オメガになったことを隠せば、一緒にいられるだろうか。発情期の二週間だけ彼と肌を重ねなければ、やり過ごせるのではないか——。

目まぐるしく伊織の脳内でいろんなことが駆け巡る。

どうしたらロランと少しでも長くいられるだろうか。

伊織の頭の中は、そのことだけでいっぱいだった。

ようやく伊織がベッドから上半身を起き上がらせた頃に、母が父を伴いやってきた。両親が座るために、使用人がベッドの脇に椅子を持ってくる。両親はそこに座り、伊織と向き合った。

「伊織、ロラン公太子には、明日の朝に、お前がオメガに覚醒したことをお知らせしなければならないな」

「父さん……」

恐れていたことを一番に言われ、伊織はショックを隠し切れなかった。

「お前は子供の頃から公太子に望まれて、将来の側近候補として、ずっと仕えてきた。それは相当な苦労もあったと思う。だが、これから先のことを考えると、ここで辞退したほうが、お前にとって、ひいては公太子にとってもいいことだと思うぞ」

ただ無言で伊織は首を横に振った。苦労などない。すべてはロランの傍にいるためだったのだから、苦労したとは思っていない。それに辞退などもしたくなかった。そんなことがいいとはまったく思えない。

「伊織……公太子はアルファだ。万が一、お前のオメガの力にあてられたら大変なことになる。公太子の将来を潰してしまう可能性があるかもしれないんだぞ」

「っ！」

伊織は父の言葉に顔を上げた。

「ロランの将来……」

このファルテイン公国を背負っていくには、優秀な側近がなくてはならない。伊織のような発情期に左右される側近では戦力にはならないだろう。ましてや、万が一、このフェロモンで彼を誘惑して子供など孕んだら、大公にも顔向けできなかった。大公はロランにしかるべき王族の姫を娶らせるつもりだからだ。

もし伊織と何かあったら、ロランの廃嫡もない話ではなくなる。

そんなことになったら、伊織は自分自身を許せないだろう。それに、伊織の父にも肩身の狭い思いをさせてしまうに違いなかった。いや、国外追放もあり得るかもしれない。

私の我儘のせいで父や母、兄には迷惑をかけられない……。

だけど――。

伊織は迸る思いを口にした。

「父さん、お願いです。せめてエドモンド校だけは卒業させてください。あと一年、あの学校でロランと共に学びたいのです」

せめてあと一年――。一年、ロランの傍にいて、自分の気持ちを終わらせたい。

祈る思いで父を見上げていると、父の双眸がふと細められた。

「……お前を退学させようとは思っていないよ、伊織。エドモンド校はバースに関係なく平等に授業が受けられる名門校だ。お前がこれからオメガとして生きていくためには、ここでの教育は必要不可欠だろう。ここで一流の教育を受ければ、お前の将来にも多くの選択肢が出てくるはずだからな」

「父さん……」

「お前がオメガでも、等しく希望や未来は与えられる権利はある。選民的な考えを持つ一派もまだまだ世の中にはいる。そういった人間に傷つけられないよう、エドモンド校で心を鍛えなければならないだろう。エドモンド校の今のキングもオメガなんだろう？　なら、お前も卑屈になることなく、オメガの生き方を探しなさい」

父がオメガとして覚醒した伊織のことを受け入れてくれたことに安堵し、そして感謝した。伊織もわかっているが、侯爵家としては、本当は息子には全員アルファになってほしかったはずだ。それがわかるからこそ、父の言葉に涙が溢れそうになった。

「……ありがとうございます」

「だが、それと公太子の側近候補を辞退する話は別だ。公太子に何かあってからでは遅い。お前のことを早々に報告しよう」

「えっ……」

安堵した後に、早速発せられたこの父の残酷な言葉に、伊織の心が砕け散る。だが、突然母が口を出した。

「あなた、伊織はたぶん、できる限り公太子のサポートをしたいと思っているのですよ」

自分の思いを母に言い当てられ、伊織は母に顔を向けた。

「母さん……」

「同じオメガとして、その心情はよくわかるつもりです。伊織、あなたがエドモンド校に留まりたいのは、公太子が大きな理由ではありませんか？　これから先、側近になれないのなら、せめて卒業するまで、悔いがないように公太子の助けになりたいと願っているのでしょう。そのためオメガであることを黙っていたいのではありませんか？　伊織」

「……そうです。私の我儘だとはわかっています。ですが、エドモンド校にいるうちはロランをしっかりと支え、これを最後に、自分の夢を諦めようと思っています」

母は伊織の顔をしっかり見つめると、父へと視線を移し、懇願してくれた。

「あなた、どうにか考慮していただけないでしょうか」

「莉佳子……」

父も滅多にない母の願いに驚きを隠せないでいる。伊織も母に感謝しながら勇気を出して父に訴えた。

「父さん、ロランはこれから寮長になるために、大変な山場を迎えます。それだけではありません。さらにキングになるために相当の努力を強いられます。それを私は手伝いたいのです。将来の我が大公に、キングの座を獲っていただきたいのです。お願いします、父さん。どうか私がオメガに覚醒したことを、ロランには卒業するまで秘密にしてください。

お願いします！」

伊織は深く頭を下げた。しばらく沈黙が続く。だが伊織の鼓動はその沈黙に反して、鼓膜に大きく鳴り響いていた。すると父の溜息が頭上で聞こえた。

「はぁ……公太子を謀（たばか）るのは相当大変なのではないか？　あの方は頭の切れる方だ。お前のバースなどすぐに見分けるぞ」

「……わかっています。でも彼とのつき合いも長いです。彼を欺く方法もある程度、心得ているつもりです」

本当はロランに嘘はつきたくない。だがつかなければならない嘘もあるのだと、今回のことで初めて知った。

父も伊織の決意を感じ取ったのか、それ以上言葉を続けることはなかった。その代わりに母が続いた。

「伊織、わたくしに一つ約束をしてほしいの。三か月に一回の発情期の時は、せめて週末だけは寮ではなく、オメガ対策が万全なホテルに籠りなさい」

「ホテルに……？」

寮はすべてオメガ対策がなされているので、わざわざホテルに行くほうが疑われるのではと思うと、寮にいたほうがいいような気がする。だが、

「わたくしにも経験がありますが、発情期の間は抑制剤を飲んでいても、本当にフェロモ

POSTCARD

STAMP HERE

101-8405

東京都千代田区
神田三崎町2-18-11

二見書房
シャレード文庫愛読者 係

通販ご希望の方は、書籍リストをお送りしますのでお手数をおかけしてしまい恐縮ではございますが、**03-3515-2311までお電話くださいませ。**

<ご住所> □□□-□□□□

<お名前> 様

＊誤送を防止するためアパート・マンション名は詳しくご記入ください。
＊これより下は発送の際には使用しません。

TEL	職業／学年
年齢　代	お買い上げ書店

Charade 愛読者アンケート

この本を何でお知りになりましたか？

1. 店頭　2. WEB（　　　　　）　3. その他（　　　　　　　　　）

この本をお買い上げになった理由を教えてください（複数回答可）。

1. 作家が好きだから（小説家・イラストレーター・漫画家）

2. カバーが気に入ったから　3. 内容紹介を見て

4. その他（　　　　　　　　　　　　　　　　　）

読みたいジャンルやカップリングはありますか？

最近読んで面白かったBL作品と作家名、その理由を教えてください（他社作品可）。

お読みいただいたご感想、またはご意見、ご要望をお聞かせください。

作品タイトル：

ご協力ありがとうございました。

お送りいただいたご感想がメルマガに掲載となった場合、オリジナルグッズをプレゼントいたします。

ンが消えているかどうか、不安で堪らなくなるのです。少し情緒も不安定になるので、一人で秘密を抱えることになるあなたの場合、なおさらストレスになるでしょう。いつも緊張していては心が疲れてしまう。週末だけでも人目のない場所に身を隠すことで、ほっとすることができるわ。ですから、発情期の週末だけでも、公太子から、そして他人の目から逃げなさい。それがエドモンド校の卒業を許す、わたくしからの条件です」

「では、許してくださるのですか」

声が弾んでしまった。母の言葉に嬉しさが隠し切れない。

「あなたがわたくしの条件をきちんと守れるのなら。あと、わたくしもその時はロンドンのホテルに参ります」

「え？　母さんが？」

「あなたもそのほうが学校に外泊届を出しやすいでしょう？　わたくしもオメガですから、週末にあなたにオメガの心構えをしっかり伝えるのにちょうどいい機会だと思うの。それにわたくしもたまには息子と一緒に過ごしたいわ。裕樹もあなたも留学してから、ほとんど帰ってこないんですもの。ね、いいでしょう？　あなた」

最後は父に向けたものだ。父も母に弱いので、苦笑しながらも頷くしかない。

「母さんの条件を呑むなら、仕方ない。しばらく公太子への報告を遅らせよう」

「本当ですか？　父さん」

「仕方ないだろう？　お前の一生を決める問題だ。お前に後悔はさせたくないからな。できるだけ好きなようにさせてやりたいというのが親というものだ」

「ありがとうございます。父さん。そして母さんも、ありがとう」

実際、伊織のフェロモンで、未来の大公に何かあったら大変な問題になる。もしかしたら不敬罪に処されるかもしれない。だが両親はそのリスクを背負ってでも伊織の願いを聞いてくれたのだ。感謝しかなかった。


結局、両親から、初めて発情期を迎えた今回はロランに会わないほうがいいだろうと、伊織は年越しの花火を観ることを禁じられた。

父が大公経由で欠席の連絡を入れた際、ロランが酷く落胆していたというのを耳にし、伊織も悲しくなった。だがそれも仕方ないことだと思うしかない。母が言うには、初めての発情期で、自分の状態をある程度把握し、次の発情期に対応できるようにしておいたほうがいいらしいからだ。

この先、オメガであることが発覚しないようにするためにも、自分で発情に対して冷静に処置できるようになることが重要なのである。

発情期の間に、ロランが何度か見舞いに来てくれた。だが伊織は風邪を拗(こじ)らせてしまったことにし、会わなかった。万が一でもオメガに覚醒したことをロランに気づかれないためだ。

会いたくて堪らない。

だがそれよりもロランがキングになってエドモンド校の頂点に立つのを、この目で見るほうが大切だった。そのためなら、会うのを我慢することくらいなんでもない。卒業まで完璧にオメガであることを隠し通したい——。

「ロラン……」

伊織は一人籠る寝室から、本当はロランと二人で観るはずだった年越しの花火を、そっと見上げたのだった。

そしてクリスマス休暇も終わり、一月から二学期が始まった——。

◆ Ⅳ ◆

一月も終わりに近づくと、イギリスではラグビーシーズン到来とばかりに、ギネスビールを片手に大勢の人が騒ぎ出す。同様に、エドモンド校の生徒たちもそわそわとし始めていた。

理由は、欧州のラグビー強豪国、六か国が一堂に会して行われる国際大会、『シックス・ネーションズ』が近づいているからだ。

それは、イングランド、アイルランド、ウェールズ、スコットランド、フランス、イタリアのナショナルチームが戦う、二月から行われる百四十年近く続く格調高い国際リーグ戦だ。

元々パブリックスクールが発祥とされているラグビーの憲章は、五つの柱からなる。

『品位』、『情熱』、『結束』、『規律』、『尊重』。

どれもがパブリックスクールで育まねばならない重要な要素の一つであり、将来へと繋げていかなければならない精神だ。そのため授業でもラグビーが盛んに取り入れられている。

ベリオール寮のサロンでも、どこが優勝するかの話題で持ち切りであった。もちろんロランも例外ではなかった。

「スコットランドが優勝だろう?」

そう予測した同級生に、ロランは挑むように言葉を足した。

「いやいや、イングランドだろう? グランドスラムを狙ってほしいね」

グランドスラムとは、『シックス・ネーションズ』で全勝して優勝することを指す。さらに本場イングランド、スコットランド、ウェールズ、アイルランドの四か国間で全勝するとトリプルクラウンと呼ばれていた。

ここ数年、アイルランドとウェールズがグランドスラムを達成していることもあり、イングランドやスコットランドファンはやきもきしているのだ。

そしてその『シックス・ネーションズ』よりもエドモンド校の生徒が夢中になるものが、もうすぐ行われる『フィフティーン・ドミトリーズ』だ。

エドモンド校の十五の寮からそれぞれチームを作り、寮対抗で戦うトーナメント式のラグビー大会である。

寮対抗戦であるので、上位三チームまでに入賞すれば、寮にポイントも加算される。試合は毎年二月一日から始まり、バレンタインデーの日に終わる。そして優勝したチームには、エドモンド校の生徒から選ばれた『湖の乙女』から、代々伝わる『栄光の剣』が渡されることになっていた。これはアーサー王伝説で、アーサーが湖の乙女から神剣エクスカリバーを受け取ったことに由来しているらしい。

『湖の乙女』は、『ギネヴィア姫』が新入生から選ばれるのと違い、全学年から選ばれることもあって大いに盛り上がる。

だがこの大会にはもう一つの裏のイベントがあった。

試合がバレンタインデーの日に終わるということもあり、優勝チームの生徒は当日、好きな相手に愛の告白ができるチャンスを獲得できるというものだ。もちろん、好きな相手がいる選手に限り、だ。

十年ほど前の生徒が、この試合に優勝した際に、全校生徒の前で好きだった生徒に告白し、承諾を得たのが始まりらしい。その後アルファとオメガだった二人は結婚し、今も幸せに暮らしているとのことで、自分もあやかりたいという生徒が、この大会で優勝して好きな子に告白するということをし始め、とうとう裏イベントとして認識されるようになった。

告白する対象は、法律的に認められている第二の性、バースで婚姻が可能な相手となっている。もちろん不純異性交遊も不純同性交遊も、表向きは許可されていないので、告白しても清く正しくつき合うという建前がある。

生徒たちもラグビーの試合で楽しんだ後に、また大きな楽しみがあるとばかりに、これが試合同様に人気のイベントになっていた。

去年は『湖の乙女』に選ばれた生徒を巡って、二人の生徒が火花を散らしたという、ちょっとした事件もあり、それはそれで大盛況に終わった。

「そういえば、アドリオン、君、ドミトリーズの代表選手だろう？ 練習は進んでいる？」

ロランの隣に座っていたケローニが声をかけてきた。ロランはベリオール寮の代表選手の一人に選ばれているのだ。

「まあ、ぼちぼちかな。二月一日からだしな。そろそろ本腰を入れて練習をしないといけないな」

「そんな悠長なことを言っていていいのか？ セント・ハーバル寮はクリスマス休暇が終わった途端、猛特訓しているらしいぞ」

「ああ、あそこの寮、今回、絶対優勝するって言い切っているらしいな。誰か、告白したい相手でもいるのかな？」

「副寮長が、故郷に幼馴染の恋人を置いてきているらしくって、今回優勝したら、その人に結婚の申し込みをするらしいって噂だぞ」

「そうなのか？」

と言いながら、実はその噂はロランもすでに知っていた。セント・ハーバル寮に潜り込ませているネズミから報告が入ってきているからだ。だが、自分がネズミを持っていることを、ケローニに勘づかれたくないので、いかにも初めて聞いたような顔をする。

「恋が絡むと人間必死になるからな」

「へぇ、アドリオンは恋をしているような言いぶりじゃないか」

何げないケローニの言葉に、ロランの心臓がわずかに音を大きくしたが、自分の想いを言い当てられても、それを素直に認めることはない。自分の情報はなるべく他人に渡してはいけないとされる世界で生きてきた分、冷静に返すのも慣れていた。

ロランは隣に座るケローニをちらりと見て、そして長い足を優雅に組み替えた。

「ふん、逆に聞くが、この歳で恋をしたことのない人間がいるのか？」

「なるほど、そう来たか」

ケローニもお手上げといったふうに、それ以上は深く聞いてこなかった。隙あらば、ロランのプライベートを聞き出そうとしてくるのは、寮長を狙う者同士、戦略を練る際に、その情報が利用できるかもしれないからだ。

気が抜けない。だが駆け引きがひしめくこの環境で生きていくのは、社会に出てからも大いに役立つことだった。緊張感さえも味方につけられる。

ロランは、向こう側で別の寮生と談笑している伊織をちらりと見遣った。その笑顔を独り占めしたいと思っていることを、隣に座るケローニに暴かれる日が来るのだろうか。それはそれで伊織を公に自分のものにできるので、歓迎すべきことかもしれない。

そんなことを考えていると、またケローニが話しかけてきた。

「そういえば、サレンダーが休学届を出したって知っているかい？」

サレンダー。いくら忠告をしても伊織に纏わりついていた男だ。

「そうなのか？　だから去年から顔を見なかったのか」

「シラを切るなよ。君が裏で手を回したという噂だぞ」

「私が手を回した？　どうして？」

「君の将来の側近、シエルに手を出したからだ」

「手を出した？　聞いていないぞ」

そう、手を出しそうになっていたのは知っている。だから排除したのだ。実際手を出したというのは、知らなかった。

「おお、こわっ。まあ、実際は手を出してはいないようだったが、彼の部屋の机の引き出しからシエル宛のラブレターが山ほど出てきたって、同室だったミナリーが言っていたのを聞いたんだ」

なるほど、伊織には渡っていなかったようだ……。

ロランはまずは安堵した。

「ふぅん、他人の机の引き出しの中を勝手に見るとは、ミナリーもマナーがなっていないな。まあ、とりあえず、その話はシエルには言うなよ。彼はそういうことを気にするタイプだからな。あと、あまり口にもするな。万が一、他寮の生徒に知られたら、サレンダーの休学届の理由を詮索されて我が寮の恥になる」

その言葉にケローニの双眸が面白そうに細められる。

「サレンダーの休学届の理由って何？」

まだ、ロランが一枚嚙んでいると信じているようだ。実際手を回したが、それを彼に悟られるほどロランも甘くはない。

「私が知るわけがないだろう。だが、噂好きなヤツはなんとでも話を作ってくるからな。用心に越したことはない。ベリオール寮に不利になるものは、早めに潰しておくに限る。君もここで愛寮精神を発揮して、寮長にアピールするには、いい機会ではないか？」

「そうすれば、寮長の座にも近づけるということかい？」

ケローニが突然、人の悪い笑みを浮かべる。だがそんな笑みに動じるつもりはない。

「ああ、そうだ。君が寮長を狙っているのならな。パフォーマンスは派手なほうが効果的だろう？」

「それは、お互い様ではないかい？」

その質問には曖昧な笑みで応える。どうせ何も言わなくとも、ケローニにはロランが寮長を狙っていることが、わかっているはずだ。するとケローニがぽつりと話し出した。

「サレンダーのこと、ミナリーが結構、話していたかもな」

「止めろよ。君ならできるだろう?」

「そういう時だけ持ち上げるんだな」

「いつも君の統率力は素晴らしいと思っているが?」

途端、ケローニが嫌な顔をする。

「心にもないことを言わないでくれないか?」

「そうしたら会話が続かないいな」

そう言ってやると、彼が一瞬きょとんという顔をして、そしてすぐに元に戻る。

「……相変わらず毒舌だな」

「褒め言葉だと受け取っておくよ」

ロランは口元に笑みを浮かべて紅茶を口にしたのだった。

＊＊＊

伊織は、先ほどからサロンの向こう側でケローニと仲良く話をしているロランをちらりちらりとチェックしながら、自分は自分で同級生との会話に花を咲かせていた。

ケローニはロランと同様、次期寮長を狙っている四学年生の一人だ。そんな二人が傍目では仲良く会話を続けている。たぶんお互いに腹の探り合いをしているのだろう。笑顔が空々しい感じがして、つい伊織は笑いそうになった。すると伊織に声がかかる。

「マスターはどちらのチームを応援しているんですか?」

見上げると、すぐ前にファグの御井所がティーポットを手に立っていた。伊織のティーカップが空になっていたことに気づき、紅茶を注ぎに来てくれたようだ。

彼が言うチームというのは、たぶん『シックス・ネーションズ』の話だろう。『フィフティーン・ドミトリーズ』の話なら、ベリオール寮を応援するに決まっている。

「イングランドかな? アドリオンに影響を受けて、イングランドの試合をよく見るからね。御井所は? まだ日本から来たばかりだから、あまり興味ない?」

「いえ、そういうことはないですが、やはり日本を応援しているので、早く国際試合にたくさん出られるようにならないかなとは思っています」

そう言って、御井所は伊織のティーカップに紅茶を注いでくれた。

「そうだったね。日本は今、猛進撃中で、イギリス国民が自分たちのお家芸を盗られるんじゃないかって戦々恐々としていたのを思い出したよ」

「そうだと嬉しいです。あと、あの……マスター、休み明けからずっと思っていたのですが、聞いてもいいでしょうか?」

御井所が改めてそんなことを言ってきたので、伊織は訝しく思いながらも頷いた。

「いいよ。なんだい?」

「あの……失礼かもしれませんが、少し具合が悪いのではありませんか?」

「え?」

御井所の言葉に、伊織はティーカップを持ち上げようとしていた手を止める。

「時々、辛そうになさっているので……」

「……そうだな、実家でいろいろあって、疲れていたかもしれないな。そんなにわかりやすかったたか?」

焦りを御井所に悟られないように、できるだけ冷静に答える。

「……いえ、気づいているのは私だけかと。アドリオンさんも気づいていない気がします。マスターはアドリオンさんの前では普通にされていますから」

よく見ている。さすがは今期新入生でも期待の大きい、御井所というところか。一学年生だからと気を抜いてはいけないことを改めて感じる。

「私の実家のことだ。アドリオンに心配させるわけにはいかないからな。君もあまり気にしないで」

「マスター……」

なおも、御井所が心配そうに見つめてくるので、安心させるために伊織は笑みを浮かべた。

「大丈夫だよ。私がどうこうしなくとも、解決することだ。少し私が心配性なだけだ。ほら、スコーンがもうなくなるぞ。君も早く食べないと他のファグに食べられてしまうよ。私のことはいいから、食べてきなさい」

「……はい」

何か言いたげであったが、それに気づかないふりをして、御井所を遠ざけた。

そうだ――。

御井所の言っていることは当たっている。

伊織は休暇から戻ってきてから、どうも体調がよくなかった。たぶん精神的なものであろう。初めての発情期を終えて、躰が萎縮していると言ったほうがいいかもしれない。

発情期は伊織にとって未知のものであった。だが、初めて体験して、それは恐怖となった。

今、こうやって座っているだけでも、いつ発情期が来るのかと不安になってくる。三か月に一度と言われているが、初期の頃は不安定で、周期が乱れることもあると聞いていた。

発情期が来たら、抑制剤を飲み、周囲にフェロモンが漏れないように注意しろと母に言われている。だが、いつ来るのかわからないので、今からでも抑制剤を飲みたくなる衝動に駆られていた。

だが抑制剤は人によっては副作用もあり、躰に負担をかけるので、必要以上飲むことを禁じられている。エドモンド校をきちんと卒業したいのなら、薬の乱用は駄目だと医者からも言われていた。

だが、飲みたい――。

飲んで安心したい――。

そんなことばかり考えてしまう。オメガになることが、こんなにも心に負担を覚えるものだとは思ってもいなかった。

「こんなことでは卒業できないぞ」

誰にも聞こえないほどの小さな声で自分を叱咤する。

ロランの傍にいるために、伊織は不安の中で、どうにか前に進んでいるような状態だった。

あと一年半――。

＊＊＊

「御井所」

ロランは廊下で、他の新入生と一緒に夜の礼拝から出てきた御井所に声をかけた。御井所は一礼をしてすぐにロランの傍へと駆け寄ってきた。

「少しいいか？」

「はい。この後は各自、自習になっていますので、大丈夫です」

その言葉にロランは頷いて、そのまま自分の部屋へと御井所を招いた。

「遅くに悪いな」

「いえ、私もマスターと離れてから、アドリオンさんにお声をかけるタイミングを計っておりました」

「伊織は結構鋭いからな。私と君が繋がっていることに気づくのも、時間の問題かもしれないな」

伊織に内緒で御井所とネズミの契約を交わしたはいいが、伊織に気づかれないようにするのは至難の業だ。だから今夜もこうやって御井所が伊織のファグから解放される時間を狙って声をかけた。

「アドリオンさんが言われた通り、マスターは少し体調を崩しているようです」

御井所がおもむろに口を開いた。ロランの眉がぴくりと動く。

「やはりな」

実はロランが最初、伊織の体調が悪いことに気がついた。だがそうなるとクリスマス休暇からずっと体調を崩していることになる。

心配になり、伊織にどこか悪いのか尋ねようと思ったが、ロランが聞けば、伊織は大丈夫としか言わないだろうと思い、御井所を使って探りを入れたのだ。

案の定、御井所には少し素直になったようだ。

「ただ、何か心配事があるようでした。実家で問題があるようなことを言われていましたので……」

「そうか……」

彼の家、シエル侯爵家が何かで揉めているという話は、ロランの耳には入っていなかった。伊織の実家のことは、以前からロランの放つ密偵により、大体のことは報告が入ってくる手はずになっているにもかかわらずだ。

「どうしたらいいでしょう。マスターはアドリオンさんに迷惑をかけないようにと、いろいろ無理をされているような気がします」

「どんな迷惑だ？」

「……それはわかりませんが。ただマスターは、実家のことだから、あなたに心配させるわけにはいかないと言われていました」

「伊織の実家については、何も問題はないはずだ。だが、改めて一度調べさせてみよう。よく聞き出してくれたな。御井所。心から礼を言うよ」

するとと御井所が小さな声で話し出した。

「……マスターのためだと思うからです」

「ん？」

「マスターが苦しんでいるのは、たぶん、アドリオンさんのことだと思います」

私のこと――？

もしかして私との躰の関係をやめようと思っているのだろうか。

思い当たりすぎて、怖くなる。

伊織の忠誠心を試すような形で、彼の躰を奪ったことは充分承知していた。それは伊織にとっては思わぬ出来事だったはずだ。だがそれからもロランが強引に押し進めたため、今もその関係を続けているし、伊織もまんざらではない様子だった。

嫌われていないことはわかるが、愛されているかと言えば、ロランが求めている『愛』ではない気がする。

いつもなら、状況に応じて判断することなど、大したこともなくできるはずだった。だが、こと、伊織に関係してくると、すべてが狂ってくる。上手く判断ができなくなる。何もかも悪い方向へと考えてしまうのだ。

ロランをそんなふうにしてしまうのは、伊織だけだ。

恋は人を不安に陥れる。当てもなく彷徨(さまよ)い、答えが見つからない。それなのに、不安だけはどんどん積もっていくのだ。そして圧し潰されそうになる。

伊織は忠誠心の篤い男だ。ロランが望めば、それを叶えようと努力してくれる。だから躰の関係もロランの望みを叶えているだけなのかもしれなかった。

どうしたら伊織を心ごと手に入れることができるだろう。

いや、もうそんなことは考えずに彼に愛を告げたら、もしかしたら伊織は立場上、断れないかもしれない。

彼の忠誠心を利用しろ――。

そんな卑怯な声が頭を過る。それだけロランも体裁を構っている余裕がなかった。冴えるはずの頭も働かなくなり、不安で脳裏が埋め尽くされる。

何も言わなくなったロランを訝しく思ったのか、御井所が言葉を続けてきた。

「たぶん、マスターのことはアドリオンさんにしか解決できないと思います。だから私は手伝わせていただいているんです。私の願いは、ただマスターに笑ってほしいだけですから」

御井所の伊織に対する忠誠心の篤さがよくわかる。

「君、まさか伊織のことが好きだと言うんじゃないだろうな」

わざと意地悪いことを言ってみる。すると御井所が慌てて答えてきた。

「とんでもないです。マスターは私の憧れではありますが、恋心を抱くなんてとんでもないです」

「さて、本当かな?」

「本当です。からかうのはやめてください、アドリオンさん」

「ハハッ……すまない。何か、君のほうが伊織のことを知っていそうで、少し嫉妬しただけだ。ああ、そうだ、これを持っていけ」

ロランはソファーから立ち上がり、チェストの引き出しを開け、そこから代々上級生から伝わってきているノートを取り出した。

「一学年生時のトーマス先生の授業のノートだ。代々、ベリオール寮に伝わってきているものだ」

「え、いいんですか? でもトルベールには……」

「トルベールには違う先生のノートを渡してある。二人で見せ合ってもいい。共にいい成績を残して、ベリオール寮の名を上げてくれ」

「わかりました。ありがとうございます。このノート、いただいていきます」

「ああ、また伊織に何かあったら報告してほしい。クリスマス休暇から、何かおかしい気がするからな」

「はい。気がついたことがあったら、ご報告します」

「では、戻りたまえ。自習の時間がなくなるからな。君の成績が下がったら、私の夢見も悪くなる」

「はい、ではこれで失礼します」

御井所は一礼すると、誰にも見られないようにと、辺りを気にして部屋から出ていった。優秀なネズミだ。

ロランは天井を見上げ、一息つくと、そのまま立ち上がった。今は自習の時間だ。伊織も何もなければ自室にいるはずだ。

伊織に会いたい。

だが、体調が悪いなら会わないほうがいいのかもしれない。会ってしまえば、彼を抱かずにはいられなくなる。

ドアを見つめていたロランは、踵を返し、窓へと視線を移した。

もう、彼に自分の想いを告げたほうがいいのかもしれない。そうでないと、自分もこの関係に圧し潰されそうだ。

「愛している、伊織」

伊織の前でなければいくらでも言える愛の告白。もう自分のプライドなんかどうでもいい気がする。伊織が手に入るのなら、いくらでもプライドを捨てよう。

それに——。

「私を受け入れてくれないなら、次の手を考えるだけだ」

仄暗(ほのぐら)い思いが心を占める。どうしても伊織を自分のものにしたかった。

それは子供の頃からずっと感じていた伊織への執着。伊織がいなければ死んでしまうような切実な渇望。

彼の躰だけでは足りない。その心、魂も自分のものにしたい。そして自分のすべてを、伊織を守るために使いたかった。

愛しているから——。

愛を告げよう。もう自分のすべてを投げ出して、伊織に愛を伝えたい。

「——そうでないと己を抑え切れる自信がない」

締めつける胸の痛みに、ロランはそっと目を閉じた。

◆ V ◆

二月一日。いよいよエドモンド校の寮対抗戦、『フィフティーン・ドミトリーズ』が開幕した。

一日一試合。計十四試合が土日も含んだこの二週間で行われる。授業も大会用に調整され、十三時から十五時を試合時間とし、皆が観戦できるようになっていた。

伊織のベリオール寮は無事に三回戦を勝ち進み、いよいよ決勝戦へと挑むことになった。対戦相手は、予想通りセント・ハーバル寮だ。

「GO、GO！　セント・ハーバル！」

「相手をぶっ潰せ！　ベリオール！」

すでに、試合の前から観客席は応援合戦を始めている。決勝戦なので、他の寮生も集まり、本家『シックス・ネーションズ』の試合並みの盛り上がりを見せていた。

伊織はベリオール寮側の席へと座っていた。ロランだけでなく、ファグの御井所も選手として参加しているので、今日はしっかり応援するつもりだ。

プレー時間は、前後半四十分、ハーフタイム十二分。各チーム十五人の選手がグラウンドに勢ぞろいすると、歓声もひと際大きくなった。

それぞれの選手が各寮の色のユニフォームを着ていた。ベリオール寮は紫色で、セント・ハーバル寮は水色のユニフォームだ。

ロランの黄金の髪が曇り空の下でも輝いており、伊織は思わず見つめてしまう。レフリーの投げるコインで陣地かボールを取るかを選び、ベリオール寮のキックオフで試合が始まった。途端、歓声が湧き起こる。

百メートルほどのタッチラインを選手が走り回り、ボールを持った選手を追いかけた。

「行けっ！」

「止めろぉっ！」

生徒たちの応援にも熱が入る。伊織もまた両膝に乗せていた手にぎゅっと力を込めながら、ロランを目で追った。

ロランはバックスというポジションで、その中でもスタンドオフという役割を担っている。スタンドオフはアタック時に司令塔となる要のポジションだ。走るだけでなく、キックやパスのスキルが高いことが条件とされ、その判断力を武器に、ゲームをコントロールする力が必要とされている。

ロラン、頑張れ――。

伊織が祈るような思いで見ていると、すぐ隣の生徒が叫んだ。

「よしっ、ノックオンだ！」

選手が受け取ったボールを進行方向に落としてしまうことをノックオンといい、反則となる。すぐにレフリーの笛がグラウンドに鳴り響いた。反則したのはセント・ハーバル寮のほうで、ベリオール寮が有利となる。早速スクラムが組まれた。

「クラウチ！」

レフリーの声を合図に、一列目でスクラムを組むブロップとフッカーが腰を落とす。

「バインド！」

その声に相手のチームと摑み合った。一気に緊張感が増す。

「セット！」

レフリーのかけ声と同時に、ズシッと肉と肉がぶつかり合う音が聞こえた。すぐにベリオール寮のスクラムハーフがボールを投入すると、スクラムが動き出した。スクラムの下ではボールの取り合いが始まっている。その中でフッカーが足でボールを送り出し、ナンバーエイトがそのボールを拾い、アタックを繰り出した。

「行けっ！　ベリオール！」

生徒たちの声に押されるように、ベリオールの選手がグラウンドを突き進む。タックルをされ潰される前に、フォローに来ていた味方の選手にボールを渡す。皆が協力し合ってゴールを目指すのだ。

ラグビーは危険と隣り合わせのスポーツだ。アメフトの選手でも、プロテクターもつけずに戦うラグビーは怖くてできない、というのは有名な話だ。それくらい危険を伴うスポーツであるのに、それを成り立たせているのは、ラグビー憲章でいう『品位』だ。

お互い紳士的な態度で接するからこそ、危険なスポーツを安全なスポーツとして楽しめるのだ。そこにはお互いを『尊重』するという理念も働いていた。

「どうだい？　アドリオンは頑張っているか？」

突然話しかけられ、伊織は声のしたほうへと顔を向けた。そこにはベリオール寮の寮長であり、クイーンのアシュレイ・G・アークランドがいた。この試合で優勝したチームを表彰するという役目があるので、キングとクイーンは選手から外されているのだ。

「はい、アドリオンは今日もいい動きをしていますよ」

「彼は何をやらせてもそつがないな」

「昔から文武両道ですから……」

「寮長、お席、どうぞ」

アークランドが立ったまま伊織と話しているのを見兼ねてか、生徒の一人が席を譲ってくれた。

「いいのかい？」

「はい、私はあちらに移りますから」

「ありがとう、サイモン」

「いえ」

サイモンと呼ばれた生徒は軽く頭を下げて、向こうの席へと移っていった。アークランドはそのまま伊織の隣に座った。

「そうなると、今年は我が寮が優勝するかな？」

「すると思います」

伊織がはっきりと答えると、アークランドが双眸を細めた。

「その調子だと、体調はよくなったようだな」

「え？」

伊織は寮長の言葉に驚きを覚えた。まさか寮長にも知られていたとは思っていなかった。

「どうして知っているんだ？　っていう顔をしているな」

寮長が楽しそうに尋ねてきた。この人のこういうところは、なかなか食えない。

「……ええ。その通りです」

「君のファグ、御井所が兄のキングに相談したようだ。自分のマスターが心配だとね。それでキングから私に話があったんだ」

「キングから……」

キングにまで知られていると聞いて動揺する。同時に御井所にキングである兄に、あまり言わないように釘を刺しておかなければと、心に留めた。

「アドリオンは君にだけは我儘を通すようだが、それを全部受け止めて、君が無理をしてはいけないな。特にこれからも長く一緒にいようと思うのなら、自分を抑えることは、いい加減、やめないとならない」

「寮長……」

彼が意外にもロランと自分のことを見ていることに驚くしかない。だが、一つ違うこともあるので、そこはロランのためにも否定しておきたい。

「無理はしていないです。彼を支えるのは私の夢ですから」

「そうだな、それは君が昔から願っている夢であることは知っている。そうではなくて、何か自分を抑え込んでいるような気がしているんだ」

「自分を抑え込む……」

当然だが、思い当たる。伊織はずっとロランへの恋情を抑え込んでいた。だがこれは彼の隣にいることとセットで、これからも抱え込んでいくつもりのものだ。正すつもりもない。

「……寮長、前からお聞きしたかったのですが、どうして私のファグを御井所に？　御井所なら、本当はアドリオンのほうが適役だったのではないかと思いますが」

「ああ、それは、御井所に人を見る目を養わせたかったからだ」

「え？」

「アドリオンはあの通り、ある意味、わかりやすい男だ。寮長を目指して水面下でもいろいろと画策していて、エドモンド校のエリートとして相応しい男だろう。だが、君は多くのことを心に抱え込んでいるように見える。御井所には、それを察して動ける人間になってほしいと思って、君のファグに任命した。それに御井所の目が私に来ないように、という思惑もあるがな」

「寮長に目が来ないように？」

少し変わった理由に、伊織は首を傾げた。

「由葵……キングと私の関係を、御井所にはまだ勘繰られたくないからな」

「え……」

寮長がキングのことを由葵と甘いイントネーションで呼んだ瞬間に、伊織はすべてを理解した。

お二方は……。

驚きすぎて言葉を失っていると、寮長はお茶目にウインクをしてきた。

「内緒にしておいてくれよ、キングに叱られてしまうからな」

「は、はい。でもそんな大切なことを私に言ってもよろしいのでしょうか」

「もしかしたら、知らせておいたほうが、私やキングの声に、君が聞く耳を持ってくれるような気がしたのさ」

「それは……」

寮長にどこまで気持ちを読まれているのか怖くなってきた。もしかしたら、ロランへの恋情もこの寮長にはお見通しなのかもしれない。

「おっ、我がチームが突っ込むぞ！」

寮長がいきなりグラウンドに目を向け、叫んだ。伊織も慌てて目を遣る。

そこにはベリオール寮の選手が相手の陣営にボールを持って切り込んでいく姿があった。

「あっ」

次々に敵のタックルを躱し、相手のゴールラインに向かって突っ走る。十メートルラインを越え、二十二メートルラインを切った。

「行け、行けぇっ！」

声援が飛ぶ中、選手に相手チームの選手がタックルを仕掛けてくるが、それを華麗にすり抜け、なるべくゴールポストに近い場所へと進路を決める。

二本立っているゴールポストのど真ん中に近ければ近いほど、トライを決めた後に与えられるフリーキック、コンバージョンゴールが有利になるのだ。なぜなら、二本のゴールポストの間にキックを入れなければならないからだ。

選手が少しでもゴールポスト近くにトライを決めようと健闘するが、相手チームのディフェンダーに潰される。転倒するとボールを持つことが許されないので、選手は手放しかない。そのため倒れる寸前に、信頼する仲間にボールを引き継ぐ。仲間は信頼に応え、今にも敵に奪われそうだったボールを必死に受け止めた。

「おぉぉっ！　突っ込めっ！」

そのベリオールの選手を、何人もの選手が必死に止めようと襲いかかった。相手の選手を引き摺りながら、前へ進み、また次の仲間へとパスする。その選手がそのまま倒れ込むようにして、ゴールラインぎりぎりのところへトライした。

「トラーイッ！」

「うおおおおぉぉぉっ！」

会場がどっと揺れるように感じる。グラウンドではトライした選手に皆が称えるように飛びついていた。その中に楽しそうに笑うロランもいて、伊織も嬉しくなってしまう。

まずこれで五点先取だ。この後のコンバージョンゴールが決まれば、さらに二点が貰え、ベリオール寮に七点が入る。だが、

「ちょっとトライの場所が悪いなぁ……」

どこからともなくそんな声が聞こえてきた。トライを決めたのはゴールラインの右隅だった。コンバージョンゴールは、トライ地点の延長線上でゴールキックをするのがルール

なので、ゴールラインの隅にトライされると、ゴールポストまでの角度が鋭利になり、ゴールキックが決めにくくなるのだ。

「誰だ？　誰がキックを決めてくるか？」

周囲がざわめく。この試合の重要な局面の一つとなり得るシーンだ。しかしこのゴールポストまでの角度はきつかった。まさに針の穴を通すような状況である。

ボールコントロールがかなりできる選手でなければ無理だろう。ここでキッカーとして出てくる選手は間違いなく、優秀な選手でなければならなかった。

手に汗握るシーンである。伊織もどうなるだろうかと真剣に見つめていると、場内がざわめいた。

「お、アドリオンだ」

「アドリオンが出てきたぞ！」

グラウンドにロランが現れる。まるでヒーローのようだ。いや、この場面では間違いなくヒーローだった。

「アドリオンが蹴るのか？」

「彼、ボールコントロール、凄いらしいぞ」

他の寮の生徒たちも口々にロランのことを言い出す。そんな中、ラグビーボールを手にしたロランが、サイドのライン、タッチラインから五メートルほどのところに立った。ちようどそこが、先ほどトライを決めた延長線上の場所なのである。

「はあ……、この角度、行けるのか？　あそこからゴールポストを見たら、二本の間にほとんど隙間なんてないんじゃないか？」

「ああ、二本が重なって見えるくらいだろうな」

「あんな隙間があるかないかのところにボールを通すなんて無理だ、絶対無理っ」

「無理、無理、言うな！　全員、祈れっ！」

「お、おうっ！」

ベリオール寮の寮生だろうか。そんなやり取りが後ろから聞こえてきた。誰もが固唾を呑んでロランの動きに注目する。

ロラン……。

伊織も祈るような思いでロランを見つめた。

ロランがボールをグラウンドに置くと、辺りがしんと静まり返った。その中でロランがただ一点を見つめて、神経を集中しているのがわかる。その時だった。

スパン！

ボールを蹴る軽やかな音がグラウンドに響く。ボールは絶妙な角度を保ったまま、ゴールラインの中央に立った二本のゴールポストの間に吸い込まれていった。

ピィーッ！

審判の笛が鳴り響き、白い旗が上がった。ゴールが決まったのだ。

「うおおおおぉぉっ」

地響きのような歓声と共に、応援席に座っていた生徒全員が立ち上がった。ついでにアドリオンコールも湧き起こる。

「アドリオン、アドリオン、アドリオン！」

ロランが歓声を上げる生徒らに手を上げて応える。その様子に下級生が色めいた。

「うわ、黄金の獅子様、かっこいい」

「だよね！　黄金の獅子様っ！」

またロランの信者が増えそうだ。伊織はそれも仕方のないことだと小さく笑って、再びグラウンド上のロランに視線を送った。するとロランと視線が合う。

ロラン……。

彼がにこりと笑って、踵を返し、仲間のところへと戻っていった。気のせいかもしれないが、伊織に笑ってくれたように見えた。

「相変わらず、決めるところは決めてくる男だな。さすがだ。さて、このままリードしてくれたらいいが」

隣で寮長が呟く。

「私たちにできることは応援しかないですね」

「そうだな」

二人で試合の行く末を見守っていると、辺りが急にざわざわし出した。振り返ると、すぐ近くまでキングが来ていた。凛とした佇まいはストイックであり、そして人目を惹く美しい容姿をさらに際立たせていた。

「クイーン・アークランド、やはりここにいたな。ほら、閉会式の準備を手伝え」

「すまない。つい我が寮の応援をしたくなったんだ」

「気持ちはわかるが、優勝チームに『栄光の剣』を渡さないとならないから、『湖の乙女』との打ち合わせをしないといけないだろう？」

「ああ、そうだな」

寮長が普段とは違い、柔らかなオーラを出す。先ほどの話を聞いたからか、キングとクイーンの間には優しさと信頼、そして愛情が溢れているように見えた。

「じゃあ、これで失礼するよ、シエル」

「はい、寮長、お疲れ様です」

伊織の声に寮長は軽く手を上げて応え、そのままキングと会場を去っていった。二人の後ろ姿を見続けて気づいたが、さりげなくクイーンである寮長が、キングの御井所をエスコートしているのがわかる。誰かがぶつかりそうになってもさりげなく、キングを庇うのだ。

その様子を見て、伊織は心が温かくなるのを覚えずにはいられなかった。

試合は結局、二十七対二十三で、セント・ハーバル寮の優勝が決まった。かなり拮抗したが、最後にベリオール寮のチームがトライを決められ、逆転されたのだ。

噂通り、セント・ハーバル寮には、どうしても告白したい人物がいたようで、最後の最後で、点をもぎ取られた恰好だ。

そして『湖の乙女』から『栄光の剣』を受け取った直後、告白タイムに騒動が起きた。副寮長が噂通り、外部から招待していた女性にプロポーズをしたのだが、そこに『待った』とばかりに寮長が出てきて、なんとその副寮長に告白するという事態が勃発したのだ。寮長と女性はアルファで、副寮長はオメガであったため、告白の条件には問題はなかった。

もう生徒はお祭り騒ぎである。その場にいた生徒全員が恋の騒動を予感してか、歓喜の声を上げた。全員、恋に飢えているのだ。

一応、この告白イベントは非公式なので、キングもクイーンも口出ししないことになっている。そのため中央では、お祭り好きな男たちが仕切り始めていた。

「では、皆のもの、多数決で、誰の告白を承認するか決めるぞ。挙手をしてくれ」

「おおっ！」

皆、ノリがいい。

「寮長の告白を優先すべきだと思う者、挙手を！」

伊織はとりあえず様子を見た。ちらりと周囲を見渡すと、挙手する者が少ない気がした。

「では、もう聞かなくともわかり切っているが、副寮長の告白を優先すべきだと思う者、挙手を！」

「おぉぉぉぉぉっ！」

声援と共に、皆の手が上がる。どうやらほとんどの生徒が副寮長派だったようだ。すると寮長が嘆き始めた。

「君たち、どうして私の応援をしてくれないんだ！」

「最初から、寮長、振られているだろ。副寮長はその女性が好きだって言ってるんだから」

どこかから、そんな声がする。

「わぁぁ！　真っ当な返答をしないでくれ！　気づかないふりをしているんだ！」

寮長が頭を抱えてグラウンドに崩れるが、中央で仕切っていた男たちに慰められ、肩を抱かれている。

「悲しむな、同志よ。私たちは皆、恋人がいないんだから、仲間さ。さあ、寮長、『俺たち悲しい独り身クラブ』にようこそ」

「そんなクラブ、絶対入らないぞっ」

どっと笑いが起こる。その横では副寮長が女性と手を繋いで、楽しそうに会話をしている姿もあり、なんともシュールな光景だ。

伊織がそんな経緯をぼんやりと見つめていると、いきなり後ろから肩を叩かれた。振り向くとロランがいつの間にかいた。

髪が少し濡れている。試合が終わってからシャワーを浴びて、観客席に戻ってきたようだ。彼の形のいい眉が少しだけ歪められる。

「こんなところにいたのか。探したぞ」

「探したぞって……」

なんだろうと思った途端、手を引っ張られる。

「行くぞ」

「え？」

ロランに引っ張られるがまま、観客席を後にする。

「どこに……」

準優勝に終わったが、夜は夕食を兼ねてベリオール寮で慰労会の予定だ。まだ三時間ほど時間はあるが、今からどこかへ出掛けると、それまでに戻ってこられるか心配である。

だがそれはすぐに杞憂に終わった。ロランに連れてこられた場所は、ベリオール寮の彼の部屋だったからだ。

「伊織」

部屋に入ると、今まで背中を見せて伊織を引っ張っていたロランが、いきなり伊織のほうへくるりと顔を向けた。

「ロラン?」

彼の表情がいつもより強張っているのがわかる。どうしたのだろうと見つめていると、彼がやっと口を開いた。

「……本当は、今日の『フィフティーン・ドミトリーズ』で優勝したら、ずっとお前に言いたかったことがあったんだ」

「え?」

「今までの私は、必要のないプライドで、きちんとお前に告げていないことがある」

「何か、隠し事をされていたんですか?」

それはそれで少しばかりショックだ。ロランとはなんでも話し合える仲だと思っていた。

じっと彼の顔を見つめていると、彼が急に手を引っ張る。そのせいでバランスを崩し、彼の腕の中に囚われた。

「あ……」

彼のボディーシャンプーの香りが伊織の鼻先にふわりと香ったと思った時だった。耳元でロランが囁いた。

「愛している、伊織」

え——。

伊織の心臓が止まりそうになる。

「愛している、伊織。お前に私の気持ちがしっかり届いていないことは知っている。だからこの試合が終わったらきちんと、私の想いをお前に伝えると決めていた」

あまりの突然のロランの告白に、伊織の頭は真っ白になった。

「優勝できなかったが、最初に決めたゴールはお前に捧げたつもりだ」

あの神業とも言えるゴールのことだ。

ロランの胸に頬を預けていると、彼が両手で頬を包み込んできた。

「愛している——。お前が私のことをどう思っていようと、愛している、伊織」

そのまま彼の唇が近づき、伊織の唇を塞いだ。

あ……。

伊織の胸にじんわりと温かみが生まれる。そしてそれは急激に膨れ上がり、伊織の目から涙となって溢れ出した。

好き——。

最初に伊織の脳裏を占めた言葉だった。

好きで、好きで、堪らない。

伊織はその手をロランの背中に回した。彼の躰がぴくりと動くのが伝わってくる。そしてひとしきりキスをすると、名残惜しそうに、ロランが伊織の唇を解放した。そして部屋の隅から、隠していたらしい赤い薔薇の大きな花束を持ってくる。

「本当はこの部屋を薔薇で埋め尽くしたかったが、さすがにそれは他の生徒にばれると思って、花束しか用意ができなかった」

そのまま抱えるほどの大きな薔薇の花束を渡された。

「な……」

今日はバレンタインデーだ。イギリスでは男女どちらともプレゼントやカードを贈り合う。その中でも一番の人気が赤い薔薇の花束だ。ふと、花束の真ん中に透かし彫りの入った白いカードが入っているのが目に入る。

『愛している、君は？』

それはロランの文字で書かれてあった。

「ロラン……」

「お願いだ、伊織、答えてくれ。そうでないと私はもう心臓が持たない。伊織……、聞かせてくれないか。お前は私のことを、本当はどう思っている？　ただの主か？　私はお前のことをずっと主としてではなく、一人の男として愛していた。ずっとだ……」

「あ……だって、あなた私のことを好みではないと……言ったではありませんか」

「そんなこと、言った覚えはないぞ」

ロランは信じられないとばかりに即座に否定してきた。だが、伊織は首を横に振る。

「言いました。一学年生の時、私がギネヴィア姫に選ばれた時、あなたは私には投票しなかったと言いました」

『私はお前に投票しなかったのにな。フン、ギネヴィア姫に選ばれたか』

あの言葉で伊織は傷つき、そしてロランと肌を重ねる関係になっても、セックスフレンドでしかないと思わざるを得なかった、悲しい言葉だったのだ。

思い出すと今でも胸がしくりと痛む。だがロランはなんでもないように言葉を返してきた。

「あ……あれか。ったく、お前は莫迦か、どうしてそうなるんだ？」

いきなり莫迦呼ばわりされて、伊織はムッとした。

「っ……莫迦です。ええ、莫迦です」

プイッと顔を背けると、今度はロランがしまったとばかりに、慌てて訂正してきた。

「いや、違う。ああ、すまない、伊織。そうではなくて、あれはお前がギネヴィア姫になってしまったら、他の男に触れられるかもしれないと思って、私は投票しなかったんだ。

私の伊織を誰にも触れさせたくなかったんだ。お前を愛するゆえの話だ。すまない。あの言葉で私はお前を誤解させ、傷つけていたのか？」

「ロラン……」

思ってもいなかった彼の気持ちに、伊織は驚く。

「私はあなたの好みではなく、仕方なく……その……せ、性欲の……捌け口？　みたいにされていたのかと」

はしたない言葉を口にしてしまい、頬に熱が集まる。

「はっ？　お前は私をどんな男だと思っているんだ？　愛しているからだろう？　愛しているからお前しか抱かなかったし、お前しか大切にしてこなかった」

「え……」

思いも寄らないことを言われ、伊織の胸が嬉しさに膨らむ。

「愛している、伊織。ずっと愛していた。お前は私のことをどう思っている？　嫌いか？　教えてくれ、伊織――」

甘く問われ、今まで隠し通してきた想いがどっと押し寄せ、まるで堰を切ったかのように、伊織は想いを口にしてしまった。

「っ……愛しています。あなたのことをずっと愛していました」

「伊織っ……」

我慢できないというような切羽詰まった声で名前を呼ばれる。伊織の胸が甘く締めつけられた。

「愛しています。でもあなたと私では、あまりにも畏れ多くて……」

「っ……」

ロランが伊織の背中がしなるほどきつく抱き締めてくる。足元に薔薇の花束が音を立てて落ちるが、それを気にするような余裕はなかった。

「身分など関係ない。誰がなんと言おうとも、お前を放すものか」

再び激しい口づけが伊織を襲う。息もできないほどのキスに、眩暈に似た感覚を抱いた。伊織は堪らず、ロランのアイロンのかかった白いシャツにしがみつく。伊織の指先の力で、シャツの皺が深く刻まれた。

手放したくない――。

気を許せば、すぐにこの幸せは手のひらから零れ落ちてしまうような気がして、伊織は必死でロランにしがみついた。

ロランがまたキスを仕掛けてくる。彼の舌が歯列を割り、伊織の口腔へと忍び込んできた。伊織がロランにされるがまま舌を絡ませ、拙(つたな)いなりにも懸命に応えていると、次第に躰のそこかしこから快楽の焔が灯り始めるのを感じる。

「伊織、少し前が硬くなってきたな。感じているのか?」

「……っ、そんなこと言わないで」

「いや、お前がこうやって反応してくれるのが嬉しいんだ。私を求めてくれている証拠なんだろう？」

「私には昔からあなた……だけ、だったから……」

「ああ、そうだ。お前には私だけだ。私がそうやってお前を囲ってきたからな」

「そんな……」

そうであったら、どんなに幸せであろう。ロランは『囲って』という言葉を使ったが、違う。『守って』くれていたのだ。それくらい伊織でもわかっていた。ロランの未来の側近という肩書は、この学園で伊織を守る、強固な盾なのだ。

「伊織……」

彼の声で名前を呼ばれるだけで、胸の奥がじんと疼く。痺れるような感覚が指先にまで広がり、伊織の神経をおかしくした。

そのままベッドに押し倒される。四学年生になってからいつも二人が睦み合うベッドだが、今日はそのベッドとは違うような気がした。

「今日に合わせて、実はベッドも新調した」

「え？」

「お前と、今度抱き合う時は、想いをきちんと通じ合わせてからだと決めていたから、べッドも新しくしたかったんだ」

どうやら、ロランは伊織が思っていたよりもかなりロマンティストのようだ。

「私のベッドを使えるのは、私とお前だけだからな」

「あ……ロラン……」

彼の手が性急に伊織の制服を脱がせていく。伊織もまたロランの服を脱がせようとしてもたついていると、ロランが自分から脱いでくれた。

二人とも一糸纏わぬ姿になり、改めて肌を重ねる。すでに勃ち始めていた伊織の乳頭にロランが早速指を絡ませてきた。

「んっ……」

炙られた熱が乳頭から心臓へとじわりと広がっていく。伊織よりも伊織の躰を知っているロランに触れられたら、たちまち快感に呑み込まれていくのはわかっていた。

「伊織……」

「ロラン」

名前をお互い呼び合うごとに快感が溢れ出す。あまり呼びすぎて、お互いにくすっと笑った。そしてもう一度甘いキスをする。

ロランの手が伊織の下半身をそっと手で包み込んできた。

「んあっ……」

くぐもった声が漏れてしまう。ロランは伊織の劣情を緩く扱きながら、下唇に何度も吸いつき、そして甘嚙みをした。そしてゆっくりと唇を滑らせる。彼の舌が伊織の口端から顎に沿って伝い、鎖骨を過ぎて先ほどから指で弄っている乳首へと移った。そのいささかじれったい動きに、伊織は耐え切れず腰を揺らしてねだってしまう。

「物足りないのか?」

ロランが意地悪な笑みを浮かべる。

「っ……わかっているくせに……」

「わかっていても聞いてみたいのが、男心だ。わかれよ」

きつく、それでいて甘く乳首を吸われ、伊織の乳首を温かく濡らしていく。それに呼応するように伊織の躰の奥が痺れた。

隠しておきたかった伊織の淫らな欲望が、ロランによって暴かれていく。狂おしいほどの熱が躰から溢れてくるのが自分でもわかった。

「んっ……ああっ……」

乳首を散々蹂躙されるが、同時に下半身もロランによって快感を与えられる。竿の両脇にある蜜袋をやんわりと握られた。

「あ……んっ……」

さらに器用に裏筋を指で擦られ、伊織は嬌声を上げそうになるのを辛うじて止める。だが、それがどうやらロランには気に入らなかったようで、執拗に伊織の下肢を弄り始めた。

「っ……ああっ……ロランっ……」

すでに透明の蜜を零していた先端を彼が指の腹でぐりぐりと押し込むようにして愛撫した途端、鋭い愉悦が生まれる、躰から何かが溢れそうだ。

「伊織、先端から透明な蜜が溢れているぞ。そんなに気持ちがいいのか？」

耳に舌を差し込まれながら吐息だけで囁かれる。

「……あなたは余裕かもしれないですが、私は……」

そう言いかけた時だった。ロランが伊織の手を取ると、自分の下肢に導いた。

「え……っ！」

ロランの下肢は充分な硬さと嵩を持った劣情がしっかりと存在をアピールしていた。

「私も余裕などないぞ？　お前と一緒にいるだけで、もうぎりぎりだ。ほら」

ほらと言いながらロランは伊織に自分の下半身を握らせてきた。

「ロランっ……」

「お前の手で扱いてくれるか？」

「そ……そんな……」

「こうやって、するんだ」

ロランは伊織の手を上から摑んだまま、自分の男根を伊織に握らせた。そしてゆっくりと扱き始める。

「あっ……」

すぐに伊織の手の中でロランが膨らみ出した。あまりに卑猥で手を離すが、すぐに上からぎゅっと握らされる。

「握って」

熱い吐息を鼓膜に吹きかけられ、伊織は躰の芯から湧き起こる愉悦に耐えられず、言われるままロランの男根を扱いた。手の中のロランがみるみるうちに硬さを増す。するとロランの表情がわずかに歪み出した。

ロランの伊織を摑む手が離れる。伊織が解放された手を取り戻すと、一息つく間もなくロランが呟いた。

「っ……堪らないな」

刹那、伊織の両膝をいきなり両肩に抱える。ロランに対して股を開いているような恰好にさせられた。

「な……ロランっ……」

だがその抗議も耳に入れないとばかりに、ロランは伊織の躰を二つに折るようにして、覆い被さってくる。

伊織の内股で震える秘部が、彼の目に晒された。その中心で頭を擡げるおしべに、ロランの視線が注がれるのを痛いほど感じる。同時に自分でも、待ち遠しそうにひくひくと劣情が震えるのを目にしてしまった。

「ロラン……あまり見ないでください……っ……」

己の痴態に顔から火が出そうになる。

「見ない代わりに、舐める」

「えっ、舐めるって……な、あぁぁ……っ……」

ロランの唇が劣情に寄せられる。そのまま優しくキスをしたかと思うと、さらに臀部のほうへと滑り落ち、その狭間に吸いつく。ロランと繋がる小さな蕾だ。ちゅうと音が出るほどきつく吸われたかと思うと、すでに媚肉と化した孔の際を舌で抉られた。

「くっ……はぁ……ん……っ……ロ……ラン……っ……」

蕾を押し開くように伊織の中にロランの舌が侵入してくる。縦横無尽に中で動かされ、伊織はあられもない声を出すしかなかった。

だが、嫌ではない。ロランにされるなら、何もかも悦びでしかなかった。

少しずつ理性が溶け出していた。本能が伊織の心を占めていく。もっとロランを感じたい。もっと奥まで埋め尽くしてほしかった。

「挿れるぞ」

伊織の心を読んだのか、ロランが待ちかねていた言葉をくれる。淫らな熱で濡れた声が、伊織の鼓膜を震わせ、甘い疼痛をもたらした。

「私の熱を受け止めるのはお前だけだ——」

刹那、腰を摑まれ、乱暴に抱き上げられる。そしてロランの膝の上に向き合うように座らされたかと思うと、そのまま灼熱の楔で貫かれた。

「あぁぁっ……」

騎乗位だ。数回したことがあるが、どこが終着点なのかわからないほど奥までロランが入り込んでくるので、未だに慣れない体位である。狭い筒を広げられる感覚に、伊織は大きく息を吐いた。あまりの質量に背中をしならせる。

チリッとした痛みもあるが、それよりもロランの雄が伊織の中を擦り上げていく快感に眩暈がしそうだった。己の体重がかかる分、腰が沈み、いつもより深いところまでロランが入ってくる。

やがてロランの滾った屹立をすべて吞み込むと、その証に伊織の臀部がぴたりとロランの股間にひっついた。途端、自分の中にあるロランが嵩を増したのを感じる。一方、伊織の下半身は大きく震え、ロランの下腹部に当たった。触れた部分になんとも言えないざわざわとした感触が生まれる。

隘路を隙間なくぴっちりと彼で埋め尽くされることで凄絶な喜悦が生まれ、我慢できずに楔を強く締めつけてしまった。すると彼の欲望がぐっと質量を増した。それが肉壁を通して伊織に伝わってきて、さらなる悦びを得る。

「あぁっ……はぁ……っ……」

「私しか知らない狭さだな」

ロランの吐息交じりの声が、意識が朦朧とし始めている伊織に届く。

そう、ロランしか知らない自分。ロラン以外と、こんな淫らなことはしない――。

「ゆっくり動くぞ」

彼の手が伊織の臀部に回ってきて、尻たぶを鷲掴(わしづか)みにした。そのまま中央に寄せられ、よりロランの楔を締めつけるように揉まれる。そのたびに快感が溢れ返った。

「あぁぁっ……あぁぁぁっ……」

「伊織……いいか?」

男の熱の籠った声が鼓膜を震わす。その響きだけでまた感じてしまい、彼の下半身を締めつけてしまう。

「っ……」

ロランの男の色香を含んだ呻きに、伊織の背筋が痺れた。

下から激しく突き上げられ、筋肉質な躰が伊織を包み込む。熱を感じるたびに愛しさが込み上げ、ロランの背中に手を回して抱き締めた。彼の欲望が、ある一箇所を擦り上げるたびに凄まじい快感が湧き起こり、このまま溶けてしまいそうな錯覚を抱く。

「愛している、伊織」

「私も愛して……ます、ロラン……っ」

「嬉しいことを言ってくれる……っ……くっ……」

「あっ……ああっ……っ……」

伊織は今まではどうにか自分の足で躰を支えていたが、快感でとうとう足の力が抜け落ちてしまった。そのままずるりと重力に引き摺られるまま、彼の欲望を深く咥え込む。

「だめ……っ……深いっ……あぁぁぁぁっ……」

快楽が跳ね上がったかと思うと、目の前が真っ白になった。気づけばロランと伊織の間で揉みくちゃにされていた伊織の劣情が破裂し、二人の下腹部をしとどに濡らしていた。

「あっ……はぁ、はぁ……」

快感で胸が締めつけられて息が苦しい。息を整えようとしていると、躰のどこかわからないほどの奥で、熱い飛沫(ひまつ)が弾(はじ)けるのを感じた。ロランも達したのだ。その精液はかなりの量で、伊織の中が彼の精液で膨らむほどだった。再び伊織に目が眩むほどの喜悦が襲ってくる。

「ああっ……そんな……たくさんっ……ロラ……ンっ……ああっ……」

「私の精はお前が全部受け止めるんだ。一滴残らず、お前に捧げる……んっ……」

ロランの優秀な遺伝子を自分だけに注ぐという畏れ多い言葉に、伊織は胸が締めつけられた。

愛されている――。だが、幸せなのに、どこか切ない。

ロランの遺伝子はしかるべき令嬢によって受け継がれていかなければならないことに、気づいてしまう。オメガでも家臣に当たる家の次男である伊織は、ファルテイン公国の未来を考えると、ロランの後ろ盾になれるほどの力はない。

っ――。

今は考えるのをやめよう。未来の話はまだ先だ。あと一年半。エドモンド校を卒業するまで、ロランの傍にいる。その間だけは彼を独り占めできる。その幸せで満足しよう。いや、しなければならない。

伊織の中がロランのもので濡れる感覚に、また伊織も射精してしまう。二度も吐精したものをロランが愛おしげに指で掬い上げた。

「まだ足りない。もっとだ、伊織。動いていいか」

ロランが伊織の下腹部に精液を塗り込めながら、甘い声で囁いてくる。だがそう尋ねるくせに、伊織が返答する前に、ロランは再び腰の動きを激しくした。

「あっ……まだ……待って……くださ……あぁぁっ……」

腰を強引に引き寄せられ、また奥へとロランの欲望を穿たれる。

「あっ……もうっ……あなたはっ……はっ……」

どこまでも奥へと入り込んでくる熱に、伊織は抵抗らしい抵抗ができなかった。それはやはり伊織もロランと肌を重ねることを望んでいるからだろう。

「伊織、夕食の時間まで、あと一時間半だ。余裕だろう?」

「そんなっ……あなた、ラグビーの試合の後なのに、どこにそんな体力が……っ……んっ」

「お前を可愛がる体力くらい残っているさ、伊織――」

鼻先に軽くキスをされた伊織は、ロランに簡単に籠絡(ろうらく)されたのだった。

愛している人に愛されるという幸福を噛み締めながら――。

だがそれも、ほんの短い間の夢だということも伊織にはわかっていた。

◆ Ⅵ ◆

エドモンド校も四月になり、寒さで凍っていた空気も少しずつ和らいできた。雪で埋もれていた庭には緑の草が生え、春の花が咲き始めている。

三時を過ぎると暗くなっていた空は、今は夜の七時くらいまで明るくなってきていた。

イギリスで大人気の『ザ・ボートレース』が開催されたのは先週だ。

それはロンドン、テムズ川で開催される、オックスフォード大学とケンブリッジ大学が対決するボートレースのことを指す。毎年、数百万人のファンで賑(にぎ)わう国民的レースである。伊織のファグ、御井所が言うには『日本で言うと、新年の駅伝に似ています』ということだった。

エドモンド校でも当日は盛り上がり、寮の娯楽室では、皆がテレビの前に釘づけになっていた。

そんな日々を過ごす中、エドモンド校では、いよいよ明日の日曜日、イースターサンデーに、『イースター祭』が開催される。四学年生と五学年生が寮やその敷地内に隠したイースターエッグを、一学年生から三学年生が探すのだ。

寮ごとに行われるのだが、この日のために、上級生はイースターエッグの柄を一週間ほどかかって描き上げる。五学年生が卒業を控えているので、下級生へのささやかなプレゼントという形になるのだ。

イースターエッグの中身はほとんどがチョコレートだが、時々、本当のゆで卵だったり、コイン、貴金属が入っていたりするので、皆が宝探し気分で遊び、楽しい休日になる。

伊織も四学年生として、ロランと一緒にイースターエッグを作った。

ロランにプロポーズされた『フィフティーン・ドミトリーズ』の決勝戦があったバレンタインデーから、伊織はロランと蜜月のような二か月を過ごしている。昨日も他人の目も顧みず、二人で仲良くサロンでイースターエッグを作っていた。

だがその一方で、伊織の心の片隅で少しずつ大きくなっていく不安があった。

ヒート。発情期である。

前回は十二月にあったので、順調に行けば次は三月のはずだった。だが、もう四月になったというのに、伊織には一向に発情期の兆候は現れなかった。

元々、医者から最初のうちは周期が乱れるかもしれないと言われているので、仕方がないと考えていたが、今にも発情期が来るかもしれないと思うと、緊張して夜も眠れなくなることがある。

まだ発情期というものに慣れておらず、必要以上に意識してしまうのはわかっていた。薬を飲んだほうがいいだろうかと悩むが、やはり本当に発情期を迎えた時に、取っておくべきだと自分に言い聞かせ、耐えている。

一度、医者に診てもらったほうがいいだろうか……。

実家の母からも心配の電話が絶えず、一度、戻ってこいとも言われている。

イースターが終われば、一週間ほどの春季休暇が来る。いつもなら故国に帰らず、ロランと旅行に出掛けたりしていたのだが、今回は母に呼ばれているとでも言って、実家に戻ろうと思っていた。

オメガになったことは、絶対に隠し通さなければならない。卒業まで一緒にいるためには、決して秘密を知られてはならなかった。

ロランも伊織がオメガだと知れば、苦しむに違いなかった。大公は、公太子の側近候補がオメガに覚醒したと知れば、すぐに引き離すだろう。オメガはアルファにとって魔物なのだから。

想いが通じ合い、やっと彼の恋人になることはできたが、彼が成人し、やがて大公になる頃には、彼の後ろ盾になれるきっちりとした家柄の姫君がいないといけないことは伊織にもわかっていた。

伊織には彼の側近として支える力はあるとしても、伴侶として支える力がないのだ。いや、オメガとして覚醒した今、どちらにも値しなかった。

理解はしている。自分はもう子供ではない。夢が永遠に続くとは信じていない。この我儘は卒業までだ。

このエドモンド校にいる間は、オメガであることを隠し通し、そして卒業と同時に、体調不良か何かを理由に彼の元から去るつもりだ。

離れたくない。こんなオメガの自分が傍にいること自体、ロランには悪いと思っている。でも、まだ離れたくない――。

そう遠くない未来を思うと、胸が締めつけられた。

ロランは、今日は朝から明日のイースターの料理の材料を、寮の料理長と他の寮生たちと買いに出掛けている。夕方には戻ってくるはずなので、帰ってきたら春季休暇のことを言おうと思っていた。

「はぁ……」

紅茶をテーブルの上に置いて、つい溜息をつくと、朝の支度を手伝いに来てくれているファグ、御井所が話しかけてきた。

「どうされたんですか？　マスター」

ファグは毎朝、マスターとなる上級生の部屋へ熱い紅茶とスイーツを届けて、朝の支度を手伝うことを日課としている。

そうすることによって、英国紳士の嗜みとして、美味しい紅茶が淹れられるようになり、そして燕尾服を綺麗に着こなす技を身に着けていくのだ。

「いや、明日のイースター祭の最後の詰めを今日しないといけないなと思っただけだ」

御井所に心配をかけないように、適当にそれらしいことを口にする。すると御井所は勘繰ることなく伊織を信じてくれ、真剣に返答をしてきた。

「相当難しい場所へイースターエッグを隠されるんですよね？　三学年生の方が毎年、全部を探すのに半日以上はかかるって言われていました」

「そうだな。全部探すまでランチはお預けになるから、明日は必死で探さないと駄目だよ」

「ランチもいつもとは違うって聞いているので、楽しみです」

「料理長が腕を振るってくれるから、期待していていいよ」

「本当ですか？　やった……いえ、嬉しいです」

御井所の子供らしい笑顔に、伊織は気持ちが和んだ。躰は大きいし、大人っぽい顔をしているが、伊織にとっては大切な初めてのファグなので、できるだけのことはしてあげたいと改めて思う。

「そろそろ御井所も自分の支度をしに行ったほうがいいんじゃな……っ」

いきなり胃がせり上がってくるような感覚を抱いた。初めての感覚で、思わず手で口を押さえてしまう。

「……どうされました？　マスター」

「いや、なんでもな……」

そう口にするや否や、ふわりと眩暈が襲った。

え――？

気づけば、椅子から転げ落ちていた。

「マスター！」

自分でもわけがわからず、起き上がろうとするも、躰に力が入らない。

「っ……」

「マスター、保健室へ！」

「くっ……」

「マスター！」

御井所の声がだんだんと遠くなっていく気がした。

もしかして発情期が始まったのだろうか――。

想像していたのとは違うが、その可能性が高い気がした。

なら、ロランに絶対ばれないようにしなければ――。

「御井所……ロラン……には、言うな……」

「え？　アドリオンさんに、ですか？」

「内緒に……して……くれ……」

どんどんと視界は暗くなり、とうとう伊織は意識を失ったのだった。


次に目が覚めたのは、保健室のベッドの上だった。視線をベッドの脇に向けると、そこには養護教諭の代わりに、御井所——ただし伊織のファグ、夏希のほうではなく、キングの御井所由葵が座っており、思わず伊織は驚いて上半身を起き上がらせた。だがすぐにベッドに倒れる。躰を起こした瞬間、気分が悪くなったのだ。

「大丈夫か？　シエル」

キングが優しく背中をさすってくれる。

「ありがとうございます、キング。あの……キングはどうしてここに……」

「ああ、夏希に相談されたんだ。当の本人は今、寮に戻ったところだ。夏希から伝言を受けている。アドリオンにはこのことは言わないということだ。意味がわかるかい？」

「……はい」

「このことはアドリオンには知られたくないということかな？」

キングが優しい口調ではあるが、痛いところを突いてくる。伊織は自分の不調がオメガのせいであることを知られなくないとばかりに、当たり障りのないことを口にした。

「……彼に必要以上に心配をかけたくありませんので、御井所にはそう伝えました」

「そう、か……」

御井所が少しだけ落胆したような様子を見せる。その様子に違和感を覚えながら、伊織はキングを見つめた。すると彼が言葉を続ける。

「わかった。後で君の寮の寮長、クイーンにも口止めをしておこう。君が保健室に運ばれたことはクイーンの耳には入っているからな。夏希も他の寮生にも話さないと言っていたから、後はクイーンが処理してくれるだろう」

それを聞いて、伊織はほっとした。

「キング、お手を煩わせて申し訳ありません。ありがとうございます」

「シエル、ここには僕しかいない。養護教諭にもキングの権限を使い、ここから出ていってもらった。アドリオンもまだ戻ってきていない」

キングの権限――。

生徒の問題は、まずは生徒間と、そのトップに立つキングに委ねられている。教師の介入は余程のことがない限り許されていない。それが自由な精神を謳うエドモンド校の校則の一つでもあった。

「だから、お互いに本当のことを話そう」

キングの声が、今までの優しい音色から少しだけ鋭くなった。伊織は嫌な予感がしながらも、キングの顔を見つめる。キングの表情から彼の感情は読めなかった。彼の形のよい唇が静かに動く。

「隠し事をしないでくれ」

「え――？」

ドクッと心臓が爆ぜる。嫌な予感しかしなかった。

「君は、オメガなのだろう？」

「っ……」

息が止まりそうになる。

もうフェロモンが溢れ出しているのだろうか。それでキングにわかってしまったのだろうか。

怖くて仕方がなかった。自分がフェロモンを出す化け物のような気がしてくる。伊織は黙ったままキングを見つめた。するとキングがふわりと笑った。

「大丈夫だ。君の躰からオメガが感じ取れる何かが出ているということはない。夏希から様子を聞いていて、僕がオメガに覚醒した時に様子が似ていたから、もしやと思っただけだ」

「あ……」

キングは伊織の心を読んだかのように気をかけてくれた。

「僕もオメガだ。だから安心して。不安を自分一人で抱え込まないでほしい」

「っ……」

どうしてか突然、涙が溢れてくる。今まで一人で戦ってきたせいか、急に優しい声をかけられて、伊織の心が簡単に崩れ落ちた。

もう隠していることはできなかった。一人で秘密を抱えているのが辛いことは、本当は少し前から気づいていた。それでもロランの傍にいたいからずっと耐えていたのに——。

伊織は涙で濡れる顔を上げる。勇気を振り絞って口を開いた。

「……キング、黙っていて申し訳ありませんでした。私はオメガです。十二月、クリスマス休暇の時に覚醒しました。本当は学校に申請しないといけないのですが、事情があって隠していました」

「アドリオンは知っているのか？」

キングの質問に、伊織は無言で首を横に振った。ロランに知られたくないから、オメガであることを学校にも隠していたのだから、当然ロランは知らない。

「クリスマス前に初めて発情期が来て、今回二回目だったので、制御することが上手くできなかったのです。抑制剤を処方されていますので、すぐに飲んで、誰にも私がオメガだとわからないようにします。だから、学校への申請はもう少し……」

ふとキングの手が伊織の肩に置かれた。

「大丈夫だ。そんなに緊張するな」

「……はい」

返事をすると、キングがそっと肩を撫でてくれる。

「発情期がクリスマス前なら、次の発情期は先月の三月くらいのはずだったのではないか？　なかったのか？」

「はい。お医者様からは、初めのうちは発情期も不安定な時があると聞いていたので、私はそうなのかと思っていて……。なので、今、遅れて二回目が来たのだと思います」

するとキングの眉間にわずかに皺が寄った。それがどうしてか伊織を不安にさせた。

「落ち着いて聞いてほしい。今から大切なことを君に伝えないとならない。まず、養護教諭と夏希にここから出ていってもらったのは――」

澄んだキングの瞳に、青白い顔をした伊織の姿が映る。それを目にしながら伊織はキングの言葉を聞いた。

「君が妊娠しているかもしれないからだ」

何を言われたのかよくわからない。

「……にん……し、ん？」

そんなはずはない。妊娠をするようなリスクは冒していない。冒していないはずだ。

伊織はオメガであるが、男のオメガの場合、発情期のセックスでしか妊娠しないはずだ。本当に稀に発情期ではない時のセックスで妊娠する場合があると聞いたが、それはかなりレアな話だと聞いている。

「そんな……」

躰が震えてきた。自分がとんでもない罪を犯したことに気づき始める。

「きちんと調べないとならないと思うが、症状があることから考えても、妊娠三か月でもおかしくないと思う」

「三か月……」

伊織は自分のおなかに視線を落とした。まだ何も変化はない。この自分の躰の中に、ロランの赤ん坊がいるというのだろうか。

「そんな莫迦なこと……」

「覚えがないと言うのかい？」

「っ……」

覚えはある。ロランと伊織は、今まで避妊具を使ったセックスをしたことがなかった。お互いしか性交渉をする相手がいないということで、コンドームを使ったことがなかったのだ。

発情期を避ければよいと思っていた。

今思えば、浅はかな考えだ。

「とりあえず、病院で検査をしないとならないな。アシュレイ……クイーンに頼むか。彼のツテで、秘密を厳守してくれる病院がある。私もかつて使ったことがあるから、そこにまずは検査に行くか」

キングの言葉が半分も入ってこない。

「あ……」

戸惑いを見せると、キングがそっと伊織の手に自分の手を添えてくれた。

「大丈夫だ。私とクイーンで君の希望がなるべく叶うよう努力する。しかし子供が本当にできたとなったら、他の生徒はまだしも、アドリオンに黙っているということはできない。それだけは承諾してくれ」

キングの言葉に、伊織はまるで駄々を捏ねる子供のように、大きく何度も首を振った。

ロランとは愛し合っているが、それと子供ができるのとは別の話である。

「アドリオンには言わないでください……彼は、彼は子供ができるなんて、思ってもいなかったんです。私がオメガであることを隠して……黙っていたから……彼は知らないんです。だから……アドリオンには……」

「駄目だ、シエル。これは二人の問題だ。アドリオンにも責任はある」

「嫌です！　アドリオンには責任はありません。私のせいで……私が嘘をついたせいで、彼を窮地には立たせたくないのです。お願いです、どうか、アドリオンには秘密にっ……」

ベッドの脇に座っていたキングに、必死に縋りついた。するとキングも伊織を抱き締めてくれた。

「っ……君は、本当にアドリオンが好きなんだな」

「好きです。彼を守るためだったら、自分のすべてを犠牲にしてもかまわない。それくらい好きです――」

最初は、好きという心を押し殺して、彼の側近として一生傍にいようと決めていた。しかしオメガに覚醒した際に、長年の夢を諦め、エドモンド校を卒業するタイミングで彼から離れる覚悟を決めた。そしてロランから愛の告白を受け、たとえ卒業までだとしても、恋人同士になるという夢のような立場になれた。

だが、それには彼との間に子供ができるという問題は含まれていなかった。

「私が――」

欲張ったのだ。ロランが好きで好きで、ほんのわずかな間でも、彼の愛が欲しかったから、彼の告白を受けてしまった。受けてはいけなかったのに――。

「私が、ロランを愛してしまったから……っ」

涙が溢れてくる。現実をきちんと受け止められない。

背中を丸めていると、キングが背中をさすってくれた。

「シエル、まずは、病院へ行こう。私も一緒に行く。アドリオンのことは後でもう一度話し合えばいい。すまない。君の心に負担をかけさせてしまったね」

「キング……っ」

「大丈夫だ。約束しよう。君の悪いようにはしない。だから今は自分の躰のことを考えてくれ」

キングは自分自身もオメガだからか、伊織のことに親身になってくれた。伊織は、彼の優しさに頼るしかなかった。

キングによって連れてきてもらったその病院は、ロンドンでも一番のバース医療センターで、紹介状がなければなかなか診察してもらえないところであった。

アークランド伯爵家の嫡男、ベリオール寮の寮長の口利きということで、伊織はスムーズに診察をしてもらえ、今は特別室で寝かされている。

結果はやはり妊娠だった。八週目に入ったところらしい。

もしかしたら、バレンタインデーでロランと想いが通じ合い、肌を重ねた時に、妊娠したのかもしれない。あの日、いつもとは違う高揚感を得たのは確かだ。

妊娠――。

伊織の胸がずしりと重みを増す。

ロランの将来を考えたら、彼の私生児など絶対存在してはならなかった。

まずは次期寮長の問題だ。伊織の妊娠が発覚し、相手がロランだと知られた場合、不純同性交遊をしたということで、寮長になるのに非常に不利になることは明らかだ。寮長になれなければ、キングの夢も自動的に叶わないことになる。さらに将来、どこかの王族の姫君を娶るにしても、必ずロランの足を引っ張ることになるだろう。

私生児を持つ大公というだけで、多くの国民から非難を受けるのは目に見えていた。その上、ゴシップ好きのタブロイド紙の恰好の餌となってしまい、根掘り葉掘り調べられ、伊織とのことも明るみに出てしまうに違いない。

この子は産んではいけない――。

産んでしまったら、一生、ロランに迷惑がかかる。それに、この子に罪はないのに、罪の子としてレッテルを貼られてしまうのも怖かった。

「あ……」

感情が込み上げてくる。

「でも……っ」

嗚咽と共に声が零れ落ちた。涙で溢れる目を手で隠す。

堕ろしたくないっ——。

駄目なのに、そんなの絶対駄目なのに——。

産みたいという気持ちが伊織の躰の底から湧き上がってくる。

「どうしたら……っ……」

明日は日曜日で検査はできず、月曜日に精密検査をすることになっている。オメガに覚醒したばかりな上に、初めての妊娠なので、伊織の健康状態が妊娠に耐え得るかの検査をするらしい。男性のオメガの妊娠は女性のそれより躰に負担がかかるためとの説明だった。

キングは忙しい身であるのに、先ほどまで伊織につき添ってくれた。普段、弟の夏希が世話になっているのだから、これくらいなんでもないと、伊織を恐縮させたが、それでもキングが入院手続きまでしてくれて本当に助けられた。感謝してもしきれない。

日曜日はエドモンド校のイースター祭で忙しくて顔を出せないが、月曜日の授業が終わった後に迎えに来てくれるとのことだった。そこでロランのことについて話し合う予定になっている。

ロランには伊織は風邪を拗らせたので念のために入院したと伝え、ここには来させないとキングは伊織に約束してくれた。

「っ——」

伊織は持ってきていたカバンの中からスマートフォンを取り出す。そしてメールをひとしきり打った。その宛先は、先ほどキングが帰り際に教えてくれたメールアドレスだ。

「ありがとうございます、キング――」

伊織はスマートフォンをぎゅっと抱き締めた。

そして次の月曜日。

四月の雨、エイプリル・シャワーがロンドンの街を濡らす中、伊織は忽然と姿を消したのだった。

◆ Ⅶ ◆

一台の黒いロールスロイスが舗装された細い道を走っていく。ピレネー山脈の入り口でもあるフランスのカルカッソンヌは、オーデ川の番人と称される都市であり、ヨーロッパ最大級の城塞都市としても有名である。

ロランはその城塞都市を目指していた。運転手によれば、あと一時間もしないうちに、目的地へと着くとのことだ。

車窓から見える景色は地平線まで見えそうな緩やかな丘陵地帯となっていた。視線を少し遠くに移すと、冬の休眠期を終えたぶどう畑の剪定(せんてい)が済み、腰くらいの高さの木が延々と続いている。南仏はワインの名産地として名高い土地でもあった。

道路脇に広がる草地は、どこまで行っても真っ白に染まっている。ユキヤナギが群生しているのだが、それがまるで雪が積もっているようにも見えて美しい。

さらに輝くような黄色のエニシダや、緑の草原に咲き乱れる小さな花が辺り一面に広がっており、美しく華やかな春を充分に感じ取れた。

春の南仏は、様々な花が一斉に目を覚ます、美しい季節を迎えていた。

しばらくの間、のどかな田園風景の中を走っていると、目の前に濃い鼠色をした雲が広がっているのに気づく。雷も鳴っているようで、雲の下側が激しく光を放っているのが、後部座席からも見て取れた。

「公太子、どういたしましょう」

運転手が前方の空の色を見て、尋ねてきた。

「エクレール・ド・シャルーか……」

ロランは溜息交じりに呟いた。

南仏は一年に三百日は晴れていると言われるほどの青空の国だ。それゆえに、昔から雨の神、サン・ジャンに雨乞いをする行事も各地で行われる。だが、その反面、通り雨がよくあるのも特徴だった。ただ、それが通り雨と言うには結構激しいものであったりするので、ロランのような旅行者にとっては困った天候だ。

それから三分も経たないうちに、大粒の雨が車のフロントガラスに当たり始めたかと思うと、あっという間に雨足が強くなり、視界が遮られるようになった。

「くそっ……来たか」

自分の声さえもかき消されるほどの豪雨が車を襲う。車のボディがへこむのではないかと思われるほどの激しさだ。そこに雷鳴が轟く。

メキメキメキッ……。

まるで空を引き裂くような音だ。刹那、ドシンという地響きが起きた。間近に雷が落ちたようである。轟音が耳を劈くと同時に、車のガラスもビビビ……と細かく震えて音を出した。

「まずいな。セルジュ、一旦、待避しろ」

「畏まりました」

セルジュと呼ばれた運転手は、すぐに現れた待避所に車を停車させた。そこには、もうすでに、この嵐をここで凌ぐつもりらしい車が何台か停められていた。

どの車に乗っている人も、この天候に慣れているようで、読書をしたりスマートフォンを弄っていたりと、それぞれ時間を潰している。大体、こんな道路脇に車の待避所があることが、この天候が日常的なものである証拠かもしれない。

ドドォン……。

再び空気をも震わすような地響きがした。どうやらまたすぐ近くに雷が落ちたようだ。

だが、そう思っている矢先にまた雷光が閃く。かなり激しい雷雨だ。

ロランは車窓から外を眺め、しばらくここで足止めを食らうことを覚悟し、小さく溜息をついたのだった。

＊＊＊

一週間前、伊織が消えた。

イースターサンデーの前日、寮の料理長の手伝いで四学年生の一部が駆り出され、ロランもその一人として買い出しに出掛けていた。そして寮へ戻った後、伊織がいないことに気がついた。

伊織のファグ、御井所に聞いても詳しくはわからないと、曖昧な返答しかしない。いよいよ不安になって、伊織を探しに出掛けようとしていた時に、寮にちょうど戻ってきた寮長、アークランドに呼び止められた。

「アドリオン、シエルは風邪で熱が出て病院へ行ったぞ」

「病院へ？　そんなに症状が悪かったのですか？」

心臓がひやりとする。元々、伊織の具合が悪いのを知っていたのもあり、余計心配になった。だが心配はただ杞憂で終わったようで、寮長がなんでもないように答える。

「いや、そういうわけではないが、明日はイースター祭もあるから、バカ騒ぎに巻き込まれないよう、一応入院させた。君もあえて見舞いに行かないように」

「いえ、彼のことは彼の両親にも頼まれております。彼の容態を確認するのは、私の役目ですから、病院の名前を教えていただけませんか?」

「これはシエルの意向でもある。シエルから君にイースター祭を立派に盛り上げてほしいと伝言を預っている」

「伊織……シエルが言ったのですか?」

伊織が寮長にそんなことを伝えるだろうか……。

少し疑問に思う。なんとなくロランの心がざわついた。

「ああ、君が来期の寮長になるかどうかの瀬戸際であることを心配しているようだからな」

寮長——。来月、五月の第三週目には次期寮長が決まる。今はその候補である寮生らが、いかに自分が次の寮長に相応しいかを、現寮長や寮生たちにアピールをしなければならない最後の時期にもなっていた。もちろんイースター祭を盛り上げるのも、次期寮長を決める判断の一つに入ってくる。

伊織はロランが次期寮長になることを願っていた。そしてそのために彼がいろいろと準備をしているのをロランは知っている。

だから、寮長にそんなことを伝言したのだろうか……。

「ここは、シエルの願いを叶えるためにも、イースター祭に君の本領を発揮したほうがいいのではないかな?」

次期寮長を決める本人からそう言われては、反論のしようがない。それに――、それに伊織が望んでいるものは、すべて叶えてやりたい。たとえ寮長がうさんくさくても、伊織の夢を叶えてやれるのなら、多少は目を瞑らざるを得ない。

「わかりました。ではイースター祭が終わったら、シエルのところへ行くことにします」

「月曜日の授業が終わった後、シエルを迎えに行ったらいい。その時に病院の名前も教えよう。あ……すまない。電話が入ったようだ」

寮長が断りを入れて、スマホを取り出した。スマホは休日以外、使うのを禁止されているが、キングとクイーンは例外だ。寮長は電話に出た途端、ちらりとロランの顔を見て、そのまま手だけで挨拶をして去っていってしまった。何か問題でもあったのだろうか。だがこちらに何も言わずに去ったということは、伊織のことではなさそうだ。

ロランは病院へ行こうとしていた足を、自分の部屋へと向けたのだった。

日曜日のイースターエッグ探しは一学年生から三学年生には大好評で、普段、上級生に苦労している下級生は、一年に一回のご褒美とばかりに、大いに楽しんだようだ。

ロランも終始、下級生にヒントになるなぞなぞを与え、イースターエッグの隠し場所を推察させる役に徹した。

そして無事にイースター祭も終わり、月曜日を迎える。授業が終わったら伊織を迎えに行く日だった。

異変が起きたのは五限目が始まる前、昼の三時過ぎだった。次の教室に向かうロランを、キングが引き留めたのだ。

「キング――」

キングがこの時間にここにいるのも、しかも取り巻きを一人も連れずにいるのも珍しい。ロランはこの状況に気を引き締めた。何かある。

だがロランの緊張とは裏腹に、大勢の生徒が、立ち止まっているキングやロランの顔を見ようとあちこちから集まってきて、急に周辺が色めき立つ。それまで厳かな空間だった廊下が華やかさに満ち溢れた。

キングは周囲の皆に笑みを浮かべながら、ロランにもその涼やかな笑みを向ける。

「キングとロラン様がお並びになっているよ！」

「キングも素敵だけど、黄金の獅子様も引けを取らないね」

あちらこちらから、二人を持て囃（はや）す声が聞こえてきた。

「アドリオン、今からいいか？」

「はい、次の授業まで、あまり時間はありませんが……」

突然の誘いに嫌な胸騒ぎを覚えながら答える。するとキングが声を小さくした。

「授業は欠席してもいい。教師にはすでに許可を取っている」

「許可を？」

欠席してもいいとはどういうことなのか。それほど何か重要なことが起きたということだろうか。刹那、伊織の顔が脳裏に浮かんだ。

「……伊織に何かあったのですか？」

「君一人でキングの間へ来たまえ」

キングはロランの質問には答えず、そう言うと踵を返す。

「マスター、キングはどうされたのですか？」

後ろについていたファグのトルベールが心配そうに尋ねてくる。キングの声が聞き取れなかったようだ。

「急用だそうだ。キングの間へ行ってくる。君たちは教室へ行きなさい」

「わかりました。では私たちはこれで」

トルベールの声に、他の取り巻きたちもロランに一礼すると、それぞれ教室へと向かって去っていく。ロランもまた、先を歩くキングを追った。

キングの間と呼ばれる部屋の中央には、数人で簡単な打ち合わせができるようにアンティークと思われるアールヌーヴォー調のカウチ二つと、低めのテーブルが設置してあった。窓際にはやはりアンティークであろうキングの書斎机がある。

部屋にはすでに、クイーンであるベリオール寮の寮長、アークランドがいた。この物々しい雰囲気に、伊織に何かあったのだと悟る。

「……やはりシエルに何かあったのですね」

ロランはキングに勧められた椅子に座りながら口を開いた。目の前にはカウチに座ったキング、そしてその隣にはクイーンが立っている。キングはロランに視線を合わせると、双眸を細めた。

「まず、結果から話そう。シエルは今日の午前中、クイーンが紹介した病院で検査をした。だがその後、両親が迎えに来て、ファルテイン公国へ帰った」

「ファルテインに？　どうしてキングがそれをご存じなのですか？」

土曜日、寮長から感じ取っていた違和感がいよいよ増す。ここに来てキングが登場したとなれば、伊織のことがただ事ではなかったのだと簡単に想像できた。

「君には伝えていなかったが、シエルを病院に連れていったのは、私だからだ」

「キング自らが？　ということは、伊織はただの風邪ではなかったということですね。それならば、どうしてクイーンは月曜日に迎えに行くようなことを私に言われたのですか？最初からシエルが月曜日にファルテインへ戻る予定だったということは、私に会わせないためですか？」

ここまでされたらロランにもキングとクイーン、二人の考えが読める。二人とも、ロランを伊織に会わせる気がなかったのだ。

ロランがキングを真っ直ぐ見つめていると、彼が口を開いた。

「確かに土曜日にクイーンが、君に月曜日になったらシエルを迎えに行くように伝えたと思うが、実はあの後、状況が変わったんだ。クイーンを悪く思わないでほしい。検査後、シエルがファルテインに戻るという話は、本当は土曜日の夜には聞いていた。ただ、僕がクイーンにその話をした時には、すでに君に話をしていた後だったんだ」

土曜日にクイーンに電話がかかってきていたが、あれが、たぶん状況が変わったことを伝えるキングの電話だったのかもしれない。だが、

「それならば、日曜日、または今朝でも教えていただければよかったのではないでしょうか？」

キングとクイーンが故意に伊織に会わせないようにした気がしてならない。じっと彼らを見つめていると、キングがそのしなやかな指先で己の髪を掻き上げた。

「シエルと約束をした」

「約束？」

「君に絶対言わないようにと、頼まれたんだ」

「な……どうして！」

思わず腰を上げてしまった。

「座りたまえ、アドリオン」

キングの冷静な声に我に返り、ロランはカウチに座り直した。だが、それでも伊織が頼んだという言葉が信じられなかった。

「だが、僕はシエルとの約束を破ってでも、これは君には伝えねばならないと思い、今日、ここへ来てもらった」

「キング……」

ロランは顔を上げて、改めてキングの瞳を見つめた。

「まずは、君に今日まで伝えなかったことについては謝ろう。シエルの思いが理解できるのもあって、彼が身を隠すまでは、彼の気持ちを汲んだのが理由だ」

「身を隠す……」

その言葉にロランの頭は真っ白になった。

伊織に愛されていると思っていたのに、それは思い過ごしだったのだろうか。いや、伊織は確かに愛していると言ってくれた。

その言葉を信じなければならない。信じてやるのがロランの役目だった。

ロランは気を取り直してキングに問いかけた。

「どうして伊織、いえ、シエルが身を隠さなければならないのですか?」

「君はシエルのバースのことを知っているか?」

「バース? シエルはまだバース覚醒をしておりません」

伊織は未だバース覚醒をせず、ロランをやきもきさせていた。だが、今となっては、伊織がどんなバースであろうが、一生愛すると決めている。

「バースはいきなり覚醒することがあると知っているな?」

「知っています。人によって、まったく前兆なく、突然覚醒する時もあると聞いていますが……」

自分の言葉にロランはハッとした。

突然覚醒する——?

伊織——?

どうしてかロランの心臓がバクバクしてくる。この変な駆け引きのような状況を、一刻も早く理解しようと焦る自分がいた。

伊織は去年秋頃から体調を悪くしていた。それは——?

ロランは自分の中で答えを導き始める。

「アドリオン、もしシエルが突然オメガに覚醒して、君に黙っていたとしたらどうする?」

キングの声にロランの鼓動が大きく爆ぜた。

まさか――！

「キング、まさかシエルがオメガに覚醒したと……」

「そうだ」

「なっ……」

心が震えてくる。気持ちが高揚するのを否定できない。伊織がオメガに覚醒したというのなら、すぐにでも公太子妃として伊織を父に認めさせ、彼を確実に自分のものにできる。

誰にも伊織を奪わせるものか――。

子供の頃からずっと願ってきたことが、やっと叶う時が来たのだ。

「どうして私に内緒に……」

「オメガというのは、僕が言うのもおかしいかもしれないが、他のバースとは違い、いろいろと複雑な思いが交錯するバースだ。だからこそ、僕はシエルが君にオメガになったことを言えなかった気持ちがわかる気がする」

「では、シエルはオメガに覚醒して、発情期を迎えたから、私に内緒で親元に帰ったということなのですか？　内緒にしなければならない意味がわかりません。それなのに、どうして私に言えなかったシエルの気持ちが、キングにわかるのでしょう」

伊織がオメガになったこと以外に、何か隠されている気がしてならない。ロランはキン

グを恐れることなく、堂々と対峙(たいじ)し質問した。

その質問にキングはちらりとクイーンを見上げ、そして再びロランに視線を戻す。

「キング」

ロランが返事の催促をしようと声を上げた時だった。キングの声が響いた。

「妊娠をしている」

「え……」

キングの言葉が一瞬理解できずに、ただ黙って彼の顔を見つめていると、キングがもう一度告げた。

「シエルは妊娠をしている。八週目に入ったばかりだそうだ」

「な……」

じわり、じわりとロランの胸に嬉しさが込み上げてくる。その赤子は自分の子だ。自分の子以外あり得ない。

「神よ、ありがとうございます……」

思わず神に感謝すると、キングが安堵の溜息をついた。

「ふっ……その様子だと、杞憂だったな。君がシエルの妊娠を疎むようであれば、どうすべきか考えるところだった」

「どうして疎むなどと。彼には産む苦労をさせてしまうが、私にとっては神からのプレゼントとしか思えません。どうして疎むことがあるんでしょうか」

「シエルはね、君のことばかり考えているようだったよ」

「私のことを……」

愛しさが増す。

「僕はさっき君に言ったけど、シエルの気持ちがわかるというのは、彼から聞いたわけではないが、シエルが君の将来を考えて、身を引こうとしているという気持ちを汲んだからだ。まずは、シエルが妊娠していることがばれたら、君の次期寮長の座が危うくなることを、彼は非常に心配している」

「そんなことっ、それくらいの罰など、覆してやります。不純同性交遊が発覚したくらいで、私は負けたりしない」

シエルが望むなら、どんな困難でも乗り越えて必ず寮長の座を得るつもりだ。そのために今まで多くのことを裏で画策してきた。今更簡単に失脚するほど柔くはない。

「そうだ、君は強いからな。根回しも上手いとクイーンからも聞いている」

キングにクスッと笑われ、ロランはつい片眉を上げてしまった。

「あまり褒められているようには聞こえないですが？　キング」

「まあな、だがここにいる私たちは、ある意味そういうことには長けているから、褒めていると受け取っておいてくれ。シエルの話に戻るが、彼はさらに君のもっと先のことも心配している。私生児がいることが世間にばれたら、君の将来に傷がつくからね」

「私生児……そんな……」

伊織は忠誠心の篤い男だ。愛情深く、こんな我儘な男の願いをいつも叶えようとしてくれた。だが彼は自分がどんなに愛されているかわかっていない。そしてそれが早合点という形で表れ、自分でロランから離れようとするのだ。ロランにとって、それが一番怖いというのに――。

「私生児になんてさせません。させるものですか」

はっきりと告げた。伊織から産まれる子供は自分にとって天使にも等しい。するとキングも安心したように微笑んだ。

「その言葉が聞きたかった。そしてたぶんシエルも同じだ。あとはアドリオン、君次第だ。今週で二学期も終わりだ。来週から一週間、春期休暇に入る。シエルを追うのは休暇に入ってからにしろよ」

「え？　今からではいけませんか？　一週間くらい休んでも授業についていける自信はあります」

「ふっ、僕は別にいいが、シエルが悲しむのではないかな？　今は次期寮長を決める大事な時期だ」

その通りである。春期休暇が明け、三学期に入って五月中旬になると、いよいよ寮長から次期寮長が指名されるのだ。

「アドリオン、今回はとりあえず君の失態になることは間違いない。これを挽回するには、この一週間はかなり大切な時期だと思うが？　君のところの寮長、クイーンも君が学校を休むとなると、評価を下げざるを得ないだろう。そうだろう？　クイーン」

キングが自分の傍らに立つクイーンに話を振る。するとクイーンがキングの顔を愛しそうに見つめ、口を開いた。

「そうだな。我が寮では、自分のことで寮全体を振り回すような寮生から、次期寮長を選ぶようなことはしないな」

「だそうだ、アドリオン。どうするかい？」

キングが楽しそうに告げてくる。ロランはわざとらしく両肩を落として、クイーンに訴えた。

「なかなか厳しいですね、寮長」

「私は栄光あるベリオール寮を、エドモンド校、最高の寮にする義務があるからな。次期寮長を定めるのも厳しいぞ」

クイーンが言うことはもっともだ。栄えあるベリオール寮の代表、寮長の肩書は簡単には手に入らない。気持ちを引き締めるしかなかった。

「わかりました。春期休暇までは学校でしっかりと務めを果たします。次期寮長は私の夢であり、シエルの夢でもありますから」

真面目に答えると、少しだけクイーンの表情が緩み、声が柔らかなものになった。

「ああ、あといくら相手のバースが覚醒していないからといって、セイフティセックスをしていなかったことは減点だな」

そんなことを言って茶化してくる。

「どんな時でも、相手を敬え、アドリオン」

場を和ませようとしてくれるクイーンの気遣いに、ロランも惚気ることにした。

「敬っています。私はシエル一筋です。シエル以外の生徒とは、それらしいことさえもしていませんからね。私にはシエル一人です。愛し合える相手は彼しかいない。それが一番のセイフティセックスですよ」

「はぁ……まったく、キングである私の前でよくもそんなことを堂々と言うな」

クイーンとの会話にキングが口を挟んできた。ロランは大げさに謝罪した。

「ふてぶてしくて申し訳ありません」

キングはその謝罪に、隣に立つクイーンをちらりと見上げた。

「現寮長であるクイーンがふてぶてしいから、似たんだな」

「おいおい、キング。私まで巻き添えにしないでくれないかい」

クイーンの言い分にキングは耳を貸さないようで、彼の言葉を無視し、ロランに話しかけてきた。

「アドリオン、知っているか？　オメガは発情期でしか妊娠しない」

「はい、それは習っています」

「だが、シエルは発情期に入っていないのにもかかわらず、妊娠してしまった」

「ええ、稀にあるケースだと聞いています」

「稀にあるケース。それは『運命のつがい』というカップルであれば、普通にあり得ることだと知っているか？」

「え――」

運命のつがい――。

そんな夢物語のようなつがいがいることを、昔聞いたことがある。もちろん、そんなことは空想の中だけの話であって、現実にはあり得ないだろうと、今の今まで思っていた。

だがそれが現実にある話だとしたら――。

ロランは目を大きく見開いた。

「まさか――、伊織が運命のつがい」

伊織に初めて会った時の記憶や、一緒に公邸で遊んだ記憶、エドモンド校に入学した時の記憶、すべてが走馬灯のようにロランの脳裏を過る。

そうだった。初めて会った時から、一瞬にして伊織に心を奪われた。そしてその後も、自分でも不思議なほど彼と一緒にいることを望んだ。そのためにいろんな画策をし、彼を繋ぎとめることに必死になってきた。こんな欲求は伊織以外には抱いたことがない。

そうか……。運命のつがいというのは、このことだったのか――。

まだアルファとして覚醒する前に、伊織に出会ってしまったので、幼い自分はその奇妙な感覚が『運命のつがい』の知らせだとは気づかなかったのだ。そして気づかずにずっと伊織を愛し続けていた。

「納得ですね。私はシエルに初めて会った時からずっと彼に囚われているのです。これを運命のつがいと言わずになんと言うのか。なるほど……、この抗いがたい想いが運命のつがいに対する感情なのですね」

「そうだな」

キングは頷くと、そっと視線をクイーンに移した。するとクイーンもキングを見下ろし、小さく頷く。

え？

ふと、ロランに一つの疑惑が浮かんだが、すぐにクイーンがこちらに視線を向けた。

「だが、それと次期寮長の座の話は別だ。君がこの一週間で、ベリオール寮の寮生の気持ちをどれだけ摑むかがキーになっている。それに、シエルには少し時間を与えたほうがいいのではないかな？　彼もまだ混乱しているだろうから。この一週間はちょうどいい期間ではないのかい？　お互い、きちんと考えるといい」

「ありがとうございます」

やはり寮のトップ、寮長だけあって、寮生のことをしっかり見ていると痛感する。ロランもまた、アークランド寮長を見習って、寮生をまとめていける寮長になりたいと強く思った。

私は自分のためだけでなく、伊織のためにも寮長になる。そしてその先のキングの座も獲ってやる――。

ロランは改めて誓った。


そして一週間後、ロランはロールスロイスの後部座席で、南仏の通り雨、エクレール・ド・シャルーをやり過ごしていたのだった。

＊＊＊

遠くの空に稲光が走るのを、伊織はカルカッソンヌにある別荘の庭で目にした。

「もうすぐエクレール・ド・シャルーが来そうだね、マリー」

一緒に庭の花の手入れをしていた元乳母のマリーに声をかける。すると彼女が顔を上げ、空を見つめた。

「そうですね。ちょうどお茶の時間ですから、お茶を飲みながら、嵐が過ぎるのを待ちましょう」

彼女が土のついたエプロンをパンパンと払いながら立ち上がる。

「マリー、道具は片づけておくから、お茶を淹れておいてくれるかな。あと、マリーのお手製マドレーヌがまだ残っていたら、それも一緒に食べたいな」

「わかりました。伊織様がそうおっしゃると思って、余分にマドレーヌを焼いておきましたよ」

「やった。じゃあ、片づけてくるね」

マリーの前だと、つい子供じみたことを口にしてしまう。だが、今の伊織には気張ることが何もなく、とても心穏やかでいられた。

「足元、お気をつけくださいよ。お一人の躰ではないのですから」

「そうだね。まだ慣れていないけど、気をつけないといけないな」

伊織は自分の腹をそっと撫でた。ロンドンのバース医療センターで検診を受け、両親と共にファルテインに帰ったのは一週間前だった。

当初、父は酷く立腹した。伊織も自分の浅はかな行動を顧みても当然だと思っていると、父が立腹していた相手は伊織ではなく、公太子ロランに対してだった。

大公に抗議すると息巻くのを、母と二人で必死に止めた。決してロランが悪いのではなく、ロランのことを好きなあまり、オメガであることを秘密にして間違いを犯したのだから自分が悪いと、父を何度も説得した。

父は最後までロランを許すことはなかったが、伊織の切ない恋心に何かを感じたようで、大公へ抗議するのを取りやめてくれた。

伊織は今、別荘のあるフランス、カルカッソンヌで、気心の知れた元乳母と使用人数人と共に、ひっそりと暮らしている。ロランに秘密で子供を産むためである。

まだ出産まで七か月ほどあるが、男性のオメガな上に初産で、少し体調を崩していることもあり、静養も兼ねてこの地を選んだ。

伊織の居場所は誰にも知られないよう秘密裏に決められた。来客は週に何度もやってくる母くらいだ。エドモンド校もこの春期休暇が終わると同時に退学届を出す予定になっている。

すべてはこの生まれてくる子供を全力で守り、そして育てたいからだ。

両親を説得して、産み、そして育てることの協力をしてほしいと頼んだ。一人で育てるなんて無責任なことは言えなかったからだ。結局両親も伊織の決意を尊重し、協力してくれると約束してくれた。子供が生まれてもファルテイン公国には戻らず、ロランの動向を見ながら、しばらくこのまま暮らす予定だ。本当に両親には感謝してもしきれない。

「伊織様、お茶の用意ができましたよ。あら、もう雨が降り始めましたね。早くいらしてください」

マリーが戸口から顔を出した。伊織は慌てて納屋に道具をしまう。

「今、行くよ」

伊織は屋敷に戻ったのだった。

お茶の時間も終え、伊織はエクレール・ド・シャルーが通り過ぎるのを待ちつつ、リビングの窓際で育児関連の本を読んでいた。

エドモンド校に入るためや、最上級クラス、シックスフォームに昇級するために、かなり勉強をして、知識もそれなりにあると自負していたが、育児に関してはまったく無知である。今から基本だけでも学んで、七か月後にあたふたしないように知識をつけようと、勉強し始めていた。

エドモンド校——。思い出すのは美しい校内の景色と、ロランの笑顔ばかりだ。

彼への恋を諦めたと言えば嘘になる。だが、この新しい命を守ることで、ロランへの愛をそっと貫いていこうと決めた。この子の幸せが自分の幸せになるのだ。

コツコツと大きな雨粒が窓に当たる。視線を窓の外に向けると、西の空が明るくなってきたので、そろそろこの通り雨も終わるだろう。

「土も湿ったし、草が抜きやすいかな……」

「伊織様ったら、すっかりガーデニングに嵌(は)まられていますね」

近くでマリーが刺繍(ししゅう)をしながら話しかけてきた。

「そうだね。ガーデニングって面白いよ。ちゃんと成果が目に見えるし、ちょっとした達成感も味わえて、やりがいがあるかな」

「あらまあ、でも伊織様、そこそこにしておいてくださいませよ。おなかの子に障るといけませんから」

そこにカランカランと可愛らしいベルの音が聞こえた。どうやら正面玄関に来客のようだ。

「どなたかしら。牛乳の配達は明日だったはずですし。見て参りますね」

来客の応対はマリーの仕事の一つであるので、彼女は椅子から立ち上がると、そのままリビングから出ていく。伊織はまた育児の本に目を通し、ゆったりとした時間を過ごそうとした。だが。

「伊織様！」

急にマリーが慌ただしくリビングへ戻ってくる。彼女にしては珍しい。

「どうしたの？　マリー」

だが、マリーは尋ねた伊織のほうを見ておらず、背後を振り返りまたリビングの外へと出ていってしまった。

「マリー？」

リビングの外が騒がしい。どうやらマリーだけでなく、他の使用人も出ているようだ。伊織は心配になり、リビングから出た。

「伊織っ！」

「え……」

エントランスには、使用人に行く手を阻まれていたロランがいた。

「伊織、逃げるな！」

「ロラン」

久々に口にする名前に、胸が痺れた。まだこの人を深く愛していることを思い知らされる。

「伊織、私はお前と話をしに来た。この使用人たちを退かしてくれ」

ロランはそう言って、伊織との間に立った使用人たちを指した。もうこの居場所を知られてしまっただけでなく、こうやって来てしまったロランを追い返すことは無理だ。

伊織は無意識に腹をそっと右手で撫でた。

何か聞かれても上手く躱して、彼に帰ってもらわなければ……。

伊織は短い間に決心して口を開いた。

「……公太子殿下を、リビングにお通ししてくれ」

伊織の声に使用人たちはロランに道を空けた。ロランはそのまま伊織の傍へやってきたかと思うと、いきなりきつく抱き締めた。

「やっとお前に会えた――」

「あ……ロラン、中に入って」

伊織は抱き合う姿を使用人には見られたくなく、急いでロランをリビングへと入れた。

パタンとドアが音を立てて閉まる。それで伊織は、ロランと二人きりであることを強く意識してしまった。慌ててどうにか話をする。

「こんなところまで、大変だったでしょう？　通り雨に遭いませんでしたか？」

「ああ、遭ったよ。噂に違(たが)わぬ凄さだった」

そう答えながら、再び伊織を背中から抱き締めてきた。

「伊織……どうして消えたんだ。私から逃げたのか？」

背中にロランのぬくもりを感じて、思わず縋りたくなるのを必死で堪える。

「座ってください、ロラン。今、お茶を用意させます」

彼の腕から逃れ、間を空けて、彼と対峙した。彼のエメラルドグリーンの瞳が真っ直ぐ伊織を捉えてくる。

「お茶なんかいい。お前はどうして私から逃げて、こんなところにいるんだ?」

「……逃げてはいません。少し体調を崩して、静養しているのです」

そうとしか言い訳ができない。後ろめたさに視線を下に向けてしまった。

「オメガに覚醒したと聞いた」

思わず肩を揺らしてしまう。いずれは知られてしまうとは思っていたが、すでに彼が知っていることに少なからずショックを覚えた。だが同時に、上手く話を躱そうとしていたのに、これで伊織の立場が悪くなった。

「……黙っていて申し訳ありません」

「妊娠したのか?」

彼の言葉に伊織は反射的に顔を上げた。

「いえ、妊娠などしていません!」

今度こそ強く否定する。ロランに絶対悟られてはならない。将来のある彼をこんなところで躓かせてはならなかった。彼をキングに、そしてファルテイン公国を強い国にするためにも、彼の足を伊織が引っ張ってはいけない。

本当は彼の胸に飛び込んで頬を預けたい。一緒に子供を育てようと言ってほしい。

好き。好きだから――。

でも、それは決して許されないことだった。　彼の未来のためにも、ここはなんとしてでも耐えないとならない。

きつく彼を睨んでいると、彼が小さく息を吐いた。

「伊織、嘘をつくな。私の手元にはお前の検診結果が届いている」

「な……」

伊織の個人情報だ。たとえ公太子でも、手に入れられるとは思ってもいなかった。だが、この男にそんな常識は通じなかったことを思い出す。エドモンド校にも多くいるが、一般市民ではできないことを、その権力で可能にしてしまう階級の人間がいることを失念していた。

「そのおなかの子は、私の子だろう？」

「っ……」

反射的に後ずさる。だが彼に手首を摑まれた。

「伊織」

彼の優しい声に頷きたくなる。だが伊織は必死で首を横に振った。

「違います、違います……っ」

「本当に違うのか？　他の男が相手だと言うのなら、私の伊織を妊娠させた男は死刑だ。どこへ逃げようとも、必ず捕まえて罪を償わせる。そしてお前も、罰として私の元から一生離れられないよう私と結婚させる」

「え……」

「子供は私が引き取ろう。伊織の血が半分入っているのなら、それは私の子供と同じだ。大公にはなれなくとも、私の子供として育てる。だからもう私から逃げてくれるな。これ以上逃げられたら、もう私は生きる自信がなくなるぞ……」

弱々しくなったロランの声に、彼の顔をよく見ると、目が少し赤くなっていた。彼にこんな顔をさせたかったわけではなかった伊織は、酷く痛む自分の胸を自覚する。

「私のことを愛していると言ったのは嘘だったのか？」

「あ――」

涙がじわりと溢れてくる。今、そんなことを言わないでほしかった。

「愛していると言ってくれたはずだ」

「あ、あれは……気のせいで……まちがっ……ぅ……あ……」

間違いだったと続けたかったが、心が圧し潰されそうになり、それ以上言うことができなかった。

愛しているのだ。上手く躱すつもりだったのに、結局はこれ以上、彼を傷つける言葉は言いたくないと思ってしまう。

「伊織」

彼の手が伊織の手首から手のひらへと移る。そしてスッと伊織の前で跪いた。

「結婚してくれ、伊織」

ロラン。

涙がとうとう溢れてしまった。自分でどうしていいかわからない。何が一番いい選択なのか、わからなかった。ただ壊れた機械のように、首を横に振ってしまう。

「伊織、どうか、イエスを」

言えない。言ってしまったら、もうロランを諦めることができない。できるのは首を横に振ることだけだ。

「なら、ノーとはっきり言ってくれ」

「あ……」

ただ一言、ノーと言えばそれで終わる。だがどうしても言えなかった。唇が動かない。ただただ固まってロランを見つめていると、彼の表情がふと緩んだ。

「伊織、そんな悲しい顔をするな。お前が私のことを愛しているのは、その表情を見ただけで、しっかりわかったぞ。嘘をつくなら、もっと上手くつけ」

「あ……っ、あなたには寮長に、そしてキングになっていただきたいのです。私に騙されて子供ができてしまったとすれば、私だけ処罰されるはず……」

「お前だけ処罰されて私が喜ぶとでも？　それにそんなことで、私の寮長への道が閉ざされるような中途半端な根回しはしていない」

「ですが……っ、あなたは他国の姫君とご結婚されて、ファルテイン公国をもっと守り立てなければなりません。私など、あなたの臣下の一人の息子。しかも次男ですよ。何もあなたにしてあげられることがないのです。私はあなたの足を引っ張りたくない——」

「見くびられたものだな。私はどこかの姫君がいなければ、国を守り立てることができないほど無能な男なのか？　愛している人間を幸せにできないほど、愚かな男なのか？　伊織」

それこそ伊織は大きく首を横に振った。ロランは無能でも愚かでもない。民衆の心を惹きつけるオーラと才覚を持つ立派な公太子だ。

「私のことが嫌いか？」

伊織は一瞬戸惑ったが、すぐに首を横に振った。だが、一度自分の感情に素直になると、その想いは箍が外れたかのように、どっと溢れ出す。

「……っ、好きです——。あなたがいなければ、心が凍ってしまうほど……あなたが好きです——。ごめんなさい、あなたの枷だけにはなりたくなかったのに……。こんなに愛することをやめられない——」

伊織が叫ぶように答えると、ロランが立ち上がり、再び伊織を抱き締めた。今度は伊織も彼の背中に手を回す。もう涙が止まらなかった。

「莫迦め、最初からもっと素直になれ、伊織。私は頼りない男か？　お前を守る力のない男か？」

「ですが……ですが……」

「私はもうお前しか愛せない躰だ。だから逃げるのをやめて、責任を取れ。私を立派な大公にするのもお前次第だ。だからもう覚悟を決めろ」

「ロラン……」

「決めてくれ――」

祈るように言われ、伊織はその頬をロランの胸に押し当てた。

自分が弱虫なのだ。だが、もう弱虫からは脱しなければならない。愛する男の手を取って、これからやってくるだろういくつもの困難を、乗り越えるだけの覚悟をつけなければならないのかもしれない。

逃げていたのは間違いだった――。

伊織は彼の背中に回していた手を解(ほど)いて、自分の背中に回っている彼の右手を摑んで、自分の下腹の辺りを触らせた。

一世一代の告白をする。これをロランに話せば、もう伊織はどこにも逃げる場所がなかった。だがそれは前にしか進めないという意味でもある。

「……わかりますか？　もちろんまだ動いたりはしませんが、ここにあなたの子供がいます。正真正銘、あなたの子です。黙っていてすみませんでした」

「伊織──」

ロランの目に涙が溜まるのを見て、伊織も胸が熱くなった。

「愛しています。こんなに弱く、情けない私ですが、どうかあなたの行く末を最後まで隣で見守らせてください……」

「ああ、当たり前だ。私の正妃は、お前以外考えていない」

ロランはそう言いながら、まだ普段と変わりない伊織の腹を愛おしげに撫でた。

「私とお前は『運命のつがい』らしい」

「『運命のつがい』って……あの？」

伊織は優しく双眸を細め、腹を撫でているロランの顔を見た。

「ああ、悔しいがキングとクイーンに言い当てられてしまった。私もアルファに覚醒する前からお前しか見えていなかったから、お前が『運命のつがい』だと気づくのが遅れてしまった。莫迦だな。こんなにお前のことを愛しているのに……」

「莫迦だなんて……。でも私が畏れ多くもあなたに恋心を抱いてしまったのも、運命だったのですね」

そう言うと、ロランの片眉が器用に跳ね上がった。

「畏れ多くなどと言うな。そうやって言われると壁を作られているようで、好きではない。

私はいつもお前の隣を歩いていたいからな」

「ロラン……」

「だからもう身分違いだとか、そんな小さな理由で私から離れるな。お前は私の『運命のつがい』だ。どうやっても逃げられない。これは運命なのだからな。腹を括れ、伊織」

急に偉そうに告げるロランに、伊織は涙を浮かべながら笑った。

腹を括る。

前へ進むために、幸せを摑むために、そしてロランと、二人の間に授かった子供のためにも、もっと強い人間になりたい――。

「ロラン、いつも私の手を握っていてください。そうしたら、私はもっと強くなれる気がします」

「ああ、私も強くなる」

二人で見つめ合い、そっと唇が重なって、また離れる。

「愛している、伊織。この子供と三人でファルテイン公国をさらによい国にできるよう努力していこう」

「ええ」

そう答える伊織の唇に再びロランの唇が優しく重なった。そして伊織の腹をさすっていた手は、そのまま伊織のシャツを捲ろうとする。伊織はその手をそっと押さえた。

「ロラン、今日は駄目です。まだ安定期じゃないので、あまりそういうことはできないんです。それに、ここはリビングですし」

「あ」

ロランの躰がピタッと固まる。彼も初めての子には気を遣うようだ。その様子が面白くて、つい伊織は笑ってしまった。するとロランも釣られて笑う。

「仕方ないな。じゃあ、キスを百回以上はしよう」

「そんなにすると唇が腫れ……っ……」

伊織の言葉を塞ぐように、またロランがキスをくれた。何度も何度も愛を誓い合うように唇を求める。そしてキスの合間にロランが囁いた。

「愛している、伊織」

「私もです」

今度は伊織からキスを求める。その際に、ふとロラン越しに窓の外に目を遣ると、空には大きな虹が架かっていた。

まるで、二人の愛を祝福するかのように――。

◆ エピローグ ◆

一週間の短い春期休暇も終わり、四月下旬から最終学期、春夏学期が始まる。

それは、長い冬がいよいよ終わりを告げ、花々が咲き誇る学期でもあり、また、新しい旅立ちと別れの学期でもあった。

伊織はロランと一緒にキングの間に来ていた。目の前にはキングである御井所由葵が座り、その傍らにはクイーンである寮長、アシュレイ・G・アークランドが、まるで姫を守る騎士のように立っている。

結局、今回の伊織の妊娠騒動は、キングの権限でキング預かりとなり、ロランの一週間の謹慎と春夏学期中の校内奉仕という形で一応収めることになった。

キングの決定は絶対だ。そこでベリオール寮では、ロランの一途な愛を認める方針を取ることにしたのだ。

ファルテイン公国の現大公が、シエルとの子供を公太子の子として、正式に認めたのもロランの援護となった。大公が認めたことを罰するというのは不敬ではないかという議論が沸き（たぶんロランの画策なのだが）、比較的軽い処分となったのだ。

そして伊織は残りの四学年生の授業をきちんと受けられることになった。キングが学校に働きかけ、身重であるが、普通の生徒として授業に参加できるようになったのだ。

「キング、本当にありがとうございました」

伊織は帰り際に改めてキングに礼を言った。キングはその涼やかな美貌にふっと笑みを浮かべる。

「エドモンド校の全生徒は、常に平等に授業を受けなければならない。当然のことをしたまでだよ。そんなに恐縮しないでくれ。だが、くれぐれも無理をするな、シエル。僕の弟も君の元気がないと、落ち込むんだ」

そんなことを冗談っぽく言い、伊織の緊張を解いてくれる。本当にキング、そしてクイーンには感謝してもしきれなかった。

伊織は再度礼を言い、ロランとキングの間から去った。

ロランと二人でエドモンド校の校舎を歩く。一学年生の時からほぼ四年間過ごした校舎はどこを見ても、思い出がいっぱい詰まっていた。たぶん人生の中で一番密度の高い四年間を過ごした場所である。

伊織は四学年生が終わる六月下旬まで学校に籍を置き、その後、一旦、休学することになった。休んでいる間に出産する予定だ。

このことを決めるのに、ひと悶着(もんちゃく)あったのは言うまでもない。なんと、ロランまで休学すると言い出したのだ。

それは春期休暇の最終日、出発前にロランの父、ファルテイン公国の大公へ挨拶に行き、そのままプライベートジェット機で、ロンドンのヒースロー空港へ向かっている時だった。

＊＊＊

「父も、私が結婚を反対されたら、大公を継ぐのを放棄することを予測されていたな」

プライベートジェット機もあと少しでヒースローに着く頃、ロランが寛(くつろ)いだ様子で、そんなことを口にした。

「放棄って……本当にそんなことをされるつもりだったのですか?」

「ああ、言っただろう?　私には伊織が必要だと。伊織を手にできなければ、大公になんてなるものか」

「ロラン……」

今朝、出発前にファルテイン公国の大公へ挨拶に行くと、大公があっさりとロランとの結婚を認めたのだ。

どうやら大公も、ロランが子供の頃から、伊織に対してかなり執着していたことを知っており、たぶん結婚するだろうと薄々思っていたらしい。

それにロランが裏で手を回したようで、タブロイド紙などで、『ファルテイン公国、公太子、初恋を貫き通す。運命のつがいと結婚間近⁉』などというゴシップ記事が、いきなり出回ったのも理由の一つだ。

この記事の、公太子が子供の頃からずっと好きだった初恋のオメガとの結婚を願っているという話は、公太子の好感度を上げるのには、打ってつけだったようで、国民には美談として受け止められている。

さらに相手が『運命のつがい』であったというので、今や世界中の関心を集め、誰もが二人を憧れのカップルとして見ていた。

これによって公太子への、ひいてはファルテイン公室のイメージがよくなるというのもあり、大公もロランの結婚を認めざるを得ない大きな理由になったのだ。

伊織がずっと思い悩んでいたロランとの結婚は、いろんな思惑や、ロランの画策もあって、おおむね問題なく受け入れられている。

「ありがとうございます、ロラン……」

そう呟くと、手を繋いで隣のシートに座っていたロランが、その手にきゅっと力を込めて握ってくれた。

「ああ、そうだ。休学の件だが、お前だけを休ませたりはしない。私も休学する。一緒に子供を育てる」

突然ロランがそんなことを言い出す。思わず伊織はシートに凭れていた背中を起き上がらせた。

「な……それは駄目です。休学なんて絶対駄目です」

「どうしてだ？」

反対されるとは思っていなかったのか、少し不機嫌な表情で聞き返してくる。こんな表情を見せるのも伊織にだけだと思うと、その表情も愛しい。

「どうしてって……、私のためにも、ロラン、あなたはこのまま学校に残り、寮長となって、その先の栄えあるキングになっていただかなければ。それに私は、私のためにあなたの何かが奪われるのが一番嫌なのは、ご存じでしょう」

そう訴えると、ロランが複雑な笑みを零した。伊織は絶対にロランを休学させてはならないと、さらに言葉を続けた。

「大体、そんなことになったら、私が私を許せません。どうか、最強のファルテイン公国の大公となるべくこのまま学業を続けてください」

「う～ん……」

ロランが小さく唸る。そして大したことないような口調で、とんでもないことを言い出した。

「なら、ロンドンに屋敷を買う」

「え？」

「使用人、ナニーも全部そろえる。お前が家族といたいなら、家族を呼び寄せてもいい。私も週末はお前のいる屋敷に帰るし、用事を見つけては屋敷に顔を出せるからな」

ロランがさりげなく『屋敷に帰る』という言葉を口にした時、伊織の心臓が甘く爆ぜた。伊織のいる場所を、ロランが帰る場所と言ってくれたのだ。

「帰るし……って」

「私の帰る場所は、お前のところだ。当然だろう？」

「ロラン……」

「そして一年経ったら、お前も復学しろ。一年遅れになるが、エドモンド校を卒業するんだ」

続けて思ってもいなかったことを告げられ、伊織はまたもや驚く。

「なっ……駄目ですよ。いくらナニーがいても、私が寮に戻り、週に一度しか家に戻らないなんて、子供が可哀想です。それに私も子供と一緒に過ごしたいですから」

「違う。いいか、私がキングになったら、その一年を使って、特例を学校側に通すつもりだ」

「特例？」

「ああ、学生の生活状態によって、通学も許可するという特例だ。お前が復学する際には、毎日家に戻れるようにする。そういう特例を私がキングになって作っておく。だから私が卒業した後になるが、お前は復学しろ」

「ロラン」

「それが、私がキングになったら、お前に捧げる愛の証だ。今のキングに負けるものか」

「負けるものか……って。ロラン、何を張り合っているんですか」

思わず呆れてしまうが、次第に笑いが込み上げてきた。そんなことができたらいいなと思う自分がいる。

「私には無理だと思うか?」

「いいえ、あなたなら、きっとそういった特例を作ってしまえるような気がします」

伊織の言葉にロランが満足そうに笑みを浮かべた。

「そしてお前がエドモンド校を卒業するまでは、今度は私が子供たちと一緒に屋敷にいる」

「え?」

「伊織、一緒に大学へ行こう」

伊織の鼓動が大きく高鳴った。行きたい。だがそうするには問題がたくさんありすぎるのもわかっていた。

「でもアメリカに行くのは……」

「私は、このままイギリスの大学へ進学しようと思っている」

ロランの言葉に伊織は反射的に顔を上げた。

「ロランはアメリカに行くつもりだったのでは……」

「それはいいんだ。何も目的がない時に、漠然と思っていた程度だからな。だが、今は違う」

伊織の頬にロランがそっと手を添えた。まるで大切な宝物を手にするように、優しく触れてくる。

「私もお前の可能性を潰したくはないんだ。お前が私の何かが奪われるのが嫌だと思うのと一緒で、私もお前が私のせいで、できることができなくなるのは耐えられないのさ」

「ロラン……」

「もちろん子供に対してもだ。最善の策を考えて、子供と接しながら大学を卒業するぞ」

「だけど、あなたがそんな大変な思いをしなくても……」

「確かにナニーはたくさん雇うし、子育てのほとんどはナニーたちにお願いしてしまうだろう。だが、この子にとって、親は私たち二人だけだ。なら親として、しっかりこの子と接していきたい。お前との愛の結晶だ。大事にしたいんだ」

「っ……」

じわりと胸が熱くなる。こんなに優しいロランと一緒にいられる幸せを神に感謝したくなった。

「あまり泣くな、伊織。お前が泣くと、私も泣けてしまうよ」

ロランの目が少し赤くなっている。伊織はそのまま彼の手を持ち上げ、自分の額に押し当てた。

「ありがとうございます、ロラン」

「礼を言うのは私のほうだ、伊織」

彼はそう言って、伊織の額にキスをしてくれた。

＊＊＊

キングとクイーンに報告と礼を告げる前までにはそんな経緯があり、伊織は今、こうやってエドモンド校の校舎をロランと二人で歩いていた。

外廊下を歩いていると、遠くから聖歌隊の讃美歌が風に乗って聞こえてくる。庭のマロニエの木の花が今は盛りで、薄桃色の花をいっぱいにつけていた。

花という花が咲く、美しい季節を、このエドモンド校も例外なく迎えている。

「伊織、空が綺麗だ」

ロランの声に空を見上げれば、イギリスにしては珍しく真っ青に晴れ上がっていた。

ふと首筋に彼の吐息を感じたかと思うと、しっとりと唇を押し当てられる。

「うなじ……綺麗に私の噛み痕がついたな」

いきなりロランがそんなことを言ってきた。先日、順番は前後したがロランにうなじを噛まれ、正式なつがいとなったのだ。

伊織の鼓動が甘くとくんと鳴る。そして続けて——。

「あっ」

伊織は咄嗟に自分の腹を両手で押さえた。

「どうした？　伊織」

「今、赤ちゃんが……初めて動いたような」

「なんだって！」

ロランが慌てて伊織の前に跪き、自分の頰を伊織の腹に当てる。

「今は動いていませんよ、ロラン。一瞬、動いたような気がしただけで……」

「いいんだ。ここに私たちの天使がいるって感じているだけだから」

そう言って、ロランが蕩けそうな笑顔で伊織の腹にキスを落とした。

君と愛を育む六月

CHARADE BUNKO

イギリスでも、六月の第三日曜日はファザーズ・デイだ。

ロランはロンドン、ナイツブリッジ地区にあるマンションへと帰っていた。

伊織は去年のクリスマスに男の子、ライアンを産み、今は立派な親として乳母たちと共に、日々育児に頑張っている。そんな伊織に少しでも楽しんでもらおうと、ロランはこのファザーズ・デイに、すぐ近くのハイドパークへピクニックに行く予定を組んでいた。

六月で季節もいい。伊織にゆっくりとしてもらいたい。そう思っていたが、当日は残念ながら雨だった。

「仕方ないな。ライアンを一緒に連れていくのは諦めて、伊織と二人でショッピングにでも出掛けるか……」

伊織は九月からエドモンド校に復学するので、制服である燕尾服を一式プレゼントしたいと以前から思っていたのだ。

計画の変更を考えながら、朝食を手作りする。マザーズ・デイの時もそうだったが、大切な日はロランが朝食を作り、伊織のベッドまで運んで食べさせることにしていた。今朝も少し早く起き、使用人が恐縮する中、伊織のためにサンドイッチを作った。

それらをワゴンに乗せて寝室へ行くと、伊織はロランに言われた通り、ベッドで待っていてくれた。

「ロラン、この間のマザーズ・デイでも朝食を作ってくださったのに、今日は私が作ってもよかったんですよ？」

「いいんだ。私が作りたいんだ」

手際よくベッドテーブルを設置し、その上に朝食を並べる。すると伊織がぽつりと呟いた。

「今日は雨が降って、せっかくのピクニックに行けなくなってしまいましたね……」

「ああ、また計画しよう。仕方ないから、今日は買い物にでも出掛けないか？」

「え？」

伊織が驚いたような顔をした。

「え？」

伊織が予想外の反応をしたので、ロランもつい同じように反応してしまった。何か不都合でもあるのだろうかと伊織の顔を見つめると、彼の顔がみるみるうちに真っ赤になった。

可愛い……じゃない、どうしたんだ？

「伊織？」

「あ……あの、今日は一緒に過ごしませんか？」

「ああ、そのつもりだ。お前と二人で買い物を……」

「そうではなくて……」

伊織は恥ずかしそうに顔を下に向けてしまった。

「今日一日、一緒にベッドで……過ごしたいです……」

「え……」

思考停止。

噴射数秒前。

ロケット発射！

ロランの性欲が勢いよく宇宙へと発射される。

「い、伊織っ！」

ガバッとテーブルの朝食のことも気にせずに伊織に抱きつく。食事は伊織が零れないように手で支えてくれたようで、朝食は何もシーツに落ちることはなかった。

「その……いいのか？　昨夜もいろいろ無理をさせてしまったし……。その、今日くらいは私も我慢して、伊織の躰も心も労りたかったんだが……お前がそんなことを言うと、調子に乗ってしまうぞ？」

「調子に乗ってください。私もこれ以上、言うのはちょっと恥ずかしいですから……」

いきなり顔を上げてそんなことを伊織が言ってくる。彼の瞳はすでに潤んでいて、ロランを求めていた。

「お前の制服をそろえてやりたかったのに……」

「それはまた今度でいいです。でも今日は、ロラン、あなたが欲しいです。ファザーズ・デイ、あなたに堂々と感謝できる日なのですから——」

「伊織……」

名前を呼べば、伊織から顔を寄せ、そしてロランの鼻先で囁(ささや)いてきた。

「愛しています、ロラン。あなたの愛で私を埋めてください」

伊織の手が、朝食を乗せたベッドテーブルを横へ移動させる。それが合図だった。

「もうどうなっても知らないからなっ」

シャツを脱ぐのももどかしかった。荒々しくシャツのボタンを外す。

「望むところです」

伊織の手が首に回り、ふわりと引き寄せられた。ロランもされるがまま伊織を押し倒し、彼のパジャマを脱がし始める。

パタパタパタ……。

雨が強くなってきたようだ。雨粒が窓ガラスに当たる音が一層大きくなる。

だが、次第にその音を気にする余裕がなくなった。

ハッピー・ファザーズ・デイ。

コッツウォルズ・バカンス～アシュレイ&由葵編～

七月。それはイギリスで最も美しい季節——。

いよいよイギリスの短い夏が始まろうとしている頃、ロンドンから西に約二百キロ離れた場所、コッツウォルズに、由葵（ゆき）はアシュレイと二人で、夏のバカンスにやってきていた。

去年の夏はアシュレイの別荘があるレイク・ディストリクトを訪れたが、エドモンド校最後の夏も、イギリスの地方へ出掛けることにしたのだ。さらに公共の乗り物を使って旅行をしようということになり、それならと、レイク・ディストリクトと同じ、自然豊かなコッツウォルズに決めた。

二人で大きなスーツケースを抱えて、ロンドンのパディントン駅でわいわい言いながら電車に乗るのはとてもわくわくした。

車で出かけるのもいいが、どうしても運転手がいる。その点、少し不自由さを感じるものの、アシュレイと二人だけの旅は心躍った。大変なことが楽しく感じるのは、アシュレイに会ってからかもしれない。

電車の車窓からは、最初のうちはロンドンの街の景色が見えていたが、しばらくすると急に家屋が減り、牧歌的な風景が広がっていく。

のんびりとした景色を見ながら、一時間半ほど電車に乗ると、コッツウォルズの玄関口、モートン・イン・マーシュ駅に到着した。

コッツウォルズとは『羊の丘』という意味を持つ、丘陵地帯だ。古くから羊毛産業が盛んな土地で、十四世紀頃に造られた蜂蜜色の石の家がとても可愛らしく、まるでおとぎの世界にでもやってきたような感じがする。

駅前のホテルにチェックインをし、荷物を預けてから、近くのカフェで遅めのランチ、そのカフェの人気料理らしいローストビーフのサンドイッチを注文した。

アシュレイも同じメニューを注文すると、間もなくして、大きなサンドイッチがテーブルの上に並べられた。早速二人はそのサンドイッチを口にする。ローストビーフはちょうどよい柔らかさで、ソースが効いており、思ったよりあっさりして食べやすかった。

「そういえば、アシュレイ、前から聞きたかったんだが、どうして夏希をシエルのファグにしたんだ？　夏希が君のファグをやりたがっていたのを知っていただろう？」

「夏希君には悪いが、私の傍にいると、由葵との関係を勘繰られるからね」

「まあ、確かに両親には君のことを伝えているが、夏希にはまだしばらく内緒にしてほしいと頼んではいるからな……」

同じ学校に進学してきた弟に、アシュレイとのことを知られると、いろいろといたたまれないことが多く、両親には口止めをしていた。

「でも君が夏希をシエルのファグにした時点で、僕も巻き込まれるなって予感はしていたけどな。アシュレイ、君、シエルがオメガに覚醒することを予測していただろう?」

「フッ、由葵ならわかってくれると思っていた」

「あれだけシエルに執着しているアドリオンがアルファなら、シエルはオメガに違いないからね。しかも運命のつがいだろう? ほら、口にソースがついているぞ」

由葵はアシュレイの口元についていたソースをペーパーナプキンで拭ってやる。するとアシュレイが由葵の手を掴(つか)んだかと思うと、その手の甲に唇を寄せた。

「アシュレイ、ソースがついているのは、僕の手の甲ではないんだが……」

「ああ、悪い。手の甲についているように見えた」

「……誰かに見られたらどうするんだ」

「素敵なカップルだなって思われるだけだろう?」

「……開いた口が塞(ふさ)がらないよ、もう」

そう文句を言いつつも、由葵は口づけられている手を引こうとは思わなかったので、アシュレイと同罪だ。

遅めの昼だったので、店内にはほとんど人がおらず、皆、二人の様子に気づいた様子はない。

「由葵、今日のスケジュールはどうだったかな?」

「どうだったかなって、ストウ・オン・ザ・ウォルドまでバスで移動して、アンティークショップ巡りをする予定だろう？」

「それ、またでいいか？」

「え？　ハフキンズのエコバッグを妹さんにお土産で買ってきてって、頼まれていただろう？　いいのか？」

「ああ、やはり由葵と二人っきりでいると我慢できなくなる。もう今日はホテルに戻らないか？」

「え……」

由葵の頬に一気に熱が集まった。答えずにいると、すぐにアシュレイが会計を済ませてしまい、そのまま由葵の手を引っ張って、ホテルへと戻る。こういう時のアシュレイは、いつもよりさらに行動が早かった。

部屋に着いた途端、抱き上げられベッドへと下ろされる。すぐにアシュレイが覆い被さってきた。いつもより少し小さめなダブルベッドがぎしりと軋む。

「君、がっつきすぎだぞ」

笑いながら言ってやると、アシュレイがおや？　という表情を見せた。

「電車に乗っている時から我慢している私だぞ？　むしろ我慢強かったと褒めてくれ」

「もう、仕方ないな」

由葵はアシュレイの首に手を回す。すると彼が形のよい唇を緩め、由葵のシャツに手を

忍び込ませた。

コッツウォルズの一日目は、陽差しが入った明るい部屋で、シーツに包まりながら二人で過ごした。


翌日も朝から綺麗な青空が広がり、空がきらきらと輝いているように見えた。晴天だ。

由葵とアシュレイはホテルで朝食を取った後、昨日行くはずだったストウ・オン・ザ・ウォルドへバスで向かった。

十分ほどで到着した村は、アンティークショップが多いことで有名であるマーケットスクエアという広場を中心に、様々な店が立ち並ぶ、やはり人気の観光地だ。

村自体はそんなに大きくなく、一時間くらいで回れてしまうほどであるが、そこをゆっくりと二人で買い物をしたり、ランチを食べたりして過ごすことにする。

由葵もアシュレイもこの夏にエドモンド校を卒業し、イギリスのオックスフォード大学に進学することが決まっていた。その際、寮に入ることも考えたが、ちょうどいい借家が見つかったので、そこで二人で住むことにしている。そのため、今日の買い物は新生活に関係するものも多かった。

おそろいのティーカップも買い、荷物を新居となる借家に送る手はずを整えて、次の村、ボートン・オン・ザ・ウィーターへと、またバスに乗って向かう。

コッツウォルズの小さな村を周遊するのが、今回の旅の目的だ。

こちらの村は、先ほどとは違い、多くの観光バスが停まっており、団体旅行客で賑わっていた。

村の中心には澄み切った浅い川が流れており、そこを鴨が優雅に泳いでいる。それを横目に村を歩いていると、アシュレイが「こっちだ」と言って、由葵の手を引っ張った。

そのまま川沿いに歩く。すると正面に蜂蜜色の石でできた大きな教会が見えてきた。一瞬、教会に見学にでも行くのかと思ったが、アシュレイはその横を通り、さらに真っ直ぐ歩く。次第に緑が深くなり、やがて目の前に舗装されていない散歩道が現れた。いわゆるフットパスだ。

フットパスとは自然のありのままを楽しめるように作られたウォーキング用の散歩道である。

「ここを由葵と一緒に歩きたかったんだ。綺麗だろう？」

「ああ、綺麗な場所だな。連れてきてくれて嬉しいよ」

フットパスは緑の中を緩く左右にカーブを描きながら森の奥へと続いている。耳を澄ませば、小鳥の鳴き声も聞こえた。アシュレイがそっと由葵の指に自分の指を絡ませてくる。

「一緒に手を繋いで歩こう」

恥ずかしくて返事はできなかったが、イエスの代わりに、自分の指に絡められたアシュレイの指をそっと握り返した。すると、彼が嬉しそうに笑ってくれる。

「行こうか、由葵」

アシュレイに促されるまま、フットパスを歩く。空を見上げれば、生い茂る緑の木々の合間にくっきりとした青い空が見えた。

しばらくすると森を抜け、ぱっと視界が広がる。牧草地帯に出たようだ。黄緑色の草原の上には、きらきらした青い空に白い雲がいくつも浮かんでいた。小鳥たちが人生を謳歌するかのように囀り、その輝かしい空を飛び回るのを目にし、由葵は自然の美しさを肌で感じた。

牧草地帯をアシュレイと二人で手を繋いでゆっくりと歩く。こんなゆったりとした時間を二人で過ごすのは久しぶりだ。風を頬に感じ、由葵は再び空を見上げた。

「アシュレイ……ありがとう」

「え?」

「オメガの僕に夢を持たせてくれて……。君が僕のつがいでよかった」

「由葵……急にどうしたんだ?」

「改めて君に礼を言いたくなったんだ。君はそつがないところがあるから、僕になかなか礼を言わせせないだろう? だから君が油断した今、言ってみた」

「は、やられたな」

「僕はキングだからな」

おどけてそう返すと、アシュレイが人の悪い笑みを浮かべた。

「だが、由葵、こんなところで私を煽ったら、どうなると思う？」

「え？」

由葵がアシュレイの顔を見上げるのと同時に、彼の唇が由葵の耳元に触れた。そして吐息だけで囁かれる。

「青姦だ」

甘い声に由葵の下肢が痺れた。だが、こんなところでアシュレイのいいようにされたら、堪らない。由葵は精いっぱい威勢を張って、彼の背中を軽く叩いた。

「バカ。僕はそんなことにつき合っていられないからな。さあ、行くぞ……って、そういえば今からどこへ行くんだ？」

「う～ん、手厳しいな、由葵は。結構、本気で誘ったんだが？」

「アシュレイ……」

じっと睨むと、彼がぷっと噴き出した。そして笑いながら言葉を続ける。

「そういう目で見つめられると、余計襲いたくなるって知っているかい？」

そのままアシュレイの唇が由葵の頰に触れた。

「アシュレイ！」

「はは、ごめん、ごめん。そうだ、どこへ行くんだっていう話だったな。三十分ほど歩くと、ロウアー・スローターという小さな村に着くんだ。さっきの村とは違って、ほとんど観光客がいない、静かでコッツウォルズらしい村だよ」

「詳しいな」

「ああ、昔よく父とこの辺りを歩いたのさ。ロウアー・スローターには中世の時代から残されている水車小屋があるんだ。それを見てから、マナーハウスでティータイムを過ごそう。十七世紀の建物で、かなり素敵な場所だ」

「それは楽しみだな」

「ああ」

アシュレイは楽しそうに返事をすると、再び由葵の手を取った。

「きっと、由葵も気に入る」

アシュレイの言葉に、由葵は双眸を細めたのだった。

あとがき

初めまして、またはこんにちは、ゆりの菜櫻です。

『アルファの執愛～パブリックスクールの恋～』を手に取ってくださってありがとうございます。こちらは皆さまが『アルファの耽溺～パブリックスクールの恋～』を読んでくださったお陰で、出すことができました。本当に嬉しいです。

ロランは何をやってもそつなく、そして文武両道のアルファですが、伊織に対してだけは不器用で臆病です。人は誰もが恋には臆病だと思いますが、ロランも例外なくそうです。何かと理由をつけて、その一歩が踏み出せなかったり。でもその理由付けは時々、傍から見るとおかしなことで、首を傾げるようなものだったりすることもありますが、本人たちは一生懸命、恋に足掻いて前へ進もうとしています。

あとオマケでロラン&伊織の一年後の話を書いています。そしてさらにもう一本、前回の主人公、アシュレイ&由葵編もどうしても入れたくて、書きました。本編後の二人です。大学入学前なのですが、仲良しです（笑）。特典のＳＳは本編すぐ後、伊織が休学している時のお話になります。

今回も麗しき絵を描いてくださったのは笠井あゆみ先生です。前回もストイックで美しい表紙に、目の覚めるような美しい攻めのパッカーン口絵をいただき、拝み奉りました。今回はまだ今の段階では拝見していないのですが、とても楽しみにしております。

担当様、正当すぎるご指摘に脱帽でした。お笑いでいうと、ボケとツッコミ的な感じで、毎回変な声が出ました。申し訳ないと思いつつ、どうしても日本語が少し不自由な私なので、またよろしくお願いいたします。

そして最後になりましたが、ここまで読んでくださった皆様、ありがとうございました。エドモンド校を舞台に、生徒たちが織り成す青春ラブストーリー（のつもり・笑）をぜひ楽しんでください。また感想等を聞かせていただけると嬉しいです。

ゆりの菜櫻

ゆりの菜櫻先生、笠井あゆみ先生へのお便り、
本作品に関するご意見、ご感想などは
〒101 - 8405
東京都千代田区神田三崎町 2 - 18 - 11
二見書房　シャレード文庫
「アルファの執愛～パブリックスクールの恋～」係まで。

本作品は書き下ろしです

CHARADE BUNKO

アルファの執愛～パブリックスクールの恋～

【著者】ゆりの菜櫻

【発行所】株式会社二見書房
東京都千代田区神田三崎町 2 - 18 - 11
電話　03(3515)2311［営業］
　　　03(3515)2314［編集］
振替　00170 - 4 - 2639
【印刷】株式会社 堀内印刷所
【製本】株式会社 村上製本所

落丁・乱丁本はお取り替えいたします。
定価は、カバーに表示してあります。

ISBN978-4-576-20125-2

https://charade.futami.co.jp/